志村ふくみ

晩禱《ばんとう》

リルケを読む

人文書院

晩年のリルケ　ミュゾットの館にて（1924 年）

目次

晩禱

リルケを読む

装幀　著者

（カヴァーの図は、中東の旅の途中、とある町の片隅で偶然
見つけた本に載っていたアラベスクの一つから採った。）

巡礼

一

さきほどからお話を伺っておりますと
ちかぢかあなたは旅におでかけになる
そうですね。
北の国の海辺の風にさらされた
小さな御堂や、道の辺の祠にお参りしながら
旅をなさると伺いました。
お願いです。
私をお連れ下さいませんか。
あまり遠くへは行かれませんが
こんな秋の麗かな日射しのこの頃なら
お伴できるかと思います。

あの山越えの、渓谷の奥深く
ひとつの礼拝堂があると聞いております。
生涯にたゞ一つ、その聖堂を建てられて
若くして逝かれた方のものだということです。
私はその聖堂に小さな捧げものをしたいのです。
天使の取手《ノブ》のついた扉の奥に
天窓から射す光をうけて
一つの御像があるとのことです。
木像の実におだやかな老人の
御像だそうです。
私はそこに、天の糸で織った裂を
お供えしたいのです。
月の夜にもかすかに光っているかと思います。

二

さきごろは、あの聖堂にお連れ下さいまして
ありがとうございました。
生憎、秋雨のしきりに降る日になり
あの渓谷にさしかかるときは
難渋いたしましたが
聖堂を埋めつくすような落葉は
渓谷《たに》をこめて、ただ荘厳の一言でした。
あれほど彩《いろどり》鮮やかな落葉の
壁飾《タペストリー》を見たことがありませんでした。
誰ひとり訪れることのないこの季節に
あなたと私が突然あらわれて

落葉の大饗宴に息をのんで、立ちつくしていたのを
あの聖堂はほほえんで迎えてくれたのです。
どんな装飾より終焉を迎える森の落葉は
優っていると
私はかつてある古代の僧院を訪れた時
思わず讃仰の声を発したことがあります。
それは正に儀式です。
命の終りにかくも美しく輝くとは
はるか人間の生命を越え、あるいは
人間がそれを願望し、象徴としてとゞめたいと思う
秘儀なのかもしれません。
ましてこの忘れられたような渓谷の
奥深く落葉を幾重にもまとって、やがて
雪に埋もれてゆく聖堂の孤独を思えば
よくぞ、訪れることができたと思うのです。

扉は静かに開きました。

青銅の天使が開けてくれたのです。
仄暗い室内の高い天窓から
まるで白い羽をさしのべるように
光が落ちていました。
御像はまさしくその光の下にありました。
あゝ、かつてお会いしたことのある方だ
と、とっさに思いました。
遠い前世でか、生れて間もなくか
つい先頃の夢の中か、よくわかりませんが、
この方が私に呼びかけて下さった言葉を
はっきりおぼえています。
「たってお願いがあります。」
とその一言、何を、何をお願い下さったのですか。
わたしはその老いた御像にむかって
問いかけました。
おだやかで、深く刻まれた年輪のおくから
そのお顔は

「わかっておいでてしょう。ただ一つです。」
とそればかり言われるのです。
そのお声をきくと
やはりお会いすべくここへ来たのだ
ということがわかりました。
この渓谷の奥から私を呼んでいて下さったのです。
願いは、一つだということです。
それは老人の願いでありながら
実は私の願いであり
あなたの願いであるかも知れません。
私は小さな裂を織って持ってきていました。
天の糸で織った光の裂です。
人間の身にまとうことは許されないと思うほど
きよらかな裂です。
それを御像の前にお供えし、目を閉じた時
何かはっとしました。
かすかに気配がしたのです。

秋の残光が天窓から斜めに裂の上に降り
何かゞそこにとどまって下さったことを
感じました。
それが何であるのか
願いはただ一つであるということも
私にはまだわかりませんでした。

三

このことがあの老人の像と何かかかわりが
あるかどうかわかりませんが
胸に深く止どまっていることがあるのです。
いえ、刺《さ》さっているといっていいかも知れません。
ずっと以前、もう忘れそうな時が経っていますが
今思うと、それが現実だったのか
夢であったのか、もし夢であったのなら
もう色褪せて忘れそうになっているはずなのですが
決して忘れることはありません。
ある町はずれのふるい僧堂の前を通りかかった
時のことです。

重い僧門の扉があいて
ひとりの若い僧が近づいてきました。
何かさし迫った思いをこめて
ささやくように私の名を呼び
「こちらへお出で下さい。お待ちしていました。
あなたへたってお願いがあります。」
といわれるのです。
そしていくつかの廻廊をとおり
堂内の片隅へ連れてゆかれました。
なぜか私は疑う心は少しもなく、あとへ従いました。
そこに三台の粗末な木の寝台がならんでいて
三人の僧侶がうつ伏せに横たわっていられました。
三人ともひどい傷をうけていられました。
傷というより、膿んでいたのです。
蜜柑のような黄色の熟した果実の上に頤《おとがい》をのせて
目をつむっていられるお姿は、思わず
目をそむけたくなるほど傷ましいご様子でしたが、

いずれも尊い気配が漂っていました。
そのお一人を看護って下さい、とのことでした。
怖しい病にかかっていられると直観しましたが
もう私は傷を洗うことに専念していました。
三人の方はある使命をうけて
傷ついた多くの方を救うべく働き、祈り、力尽きて
ようやく僧堂にたどりつかれたということです。
人類を襲う怖しい病の発端のように
私には思われましたが、詳しいことは何も
わかりませんでした。
私が看護した御方は三人の中で一ばん年老いた
長老格のように思われました。
他のお二人はまだうら若い僧でした。
時折、苦しい中から笑さえうかべ
私に礼をいわれるのですが、傷は癒えるどころか
手のほどこしようもない惨たるものでした。
時をまたずして若い僧侶は、一人、また一人と

御遺体になってしまわれました。
ほど経ずして私の看護った御方も
最後の時を迎えられることとなりました。
暁の、まだ光が射すかどうか寸前の刻でした。
瀕死のその方が、少し体をあげられて
「たってのお願いがあります。」
とそう申されたのです。
胸に突き刺さる想いで、私は
何を、何をとすがるようにおたずねしました。
「何をお願い下さるのですか。」
私は耳もとで叫びました。その時、深い瞳が
ぢっとこちらをむいて私をみつめられ
問う間もなく、答える間もなく
瞳を閉じられたのです。
何か触れることのできない光を宿したような
尊い御遺体でございました。

私にとってそれは夢かと思えば
まぎれもなく現実であり
現実であればある程それは夢としか思われない
深い刻印をのこした現実でありました。
その捉えがたい境域にあって、三度《みたび》、私は
聞いたのです。呼びかけられたのです。
その願いとは――
朝な夕な、まなかいにかかりしその問いに
私はどうおこたえすればよいのか
自身に呼びかけ、虚空にむかって問い、歳月が流れました。

そしてとうとう、このたび巡礼に出ることに
思い至ったのです。

私は感ずる、できる——時禱詩集

ロシアへ　若き修道僧リルケと共に——第一部　僧院生活の書（一八九九年）

そのとき　時が傾き、打ちならす晩鐘の
澄んだ響きに　わたしは心をゆさぶられる。
わたしの感覚はうちふるえる。わたしは感ずる、できる、と——
そしてわたしは造形の日をつかむ。

（第一篇）

とうとうその日が来た。この冒頭の一節を私はなんどよみ、ここへ書き写すことを夢みたことだろう。十数年昔から机上にこの時禱書をおき、毎日一頁ずつでも読むことを自分にいいきかせながら読んできた日もあり、とぎれとぎれに続けてはきたものの、今日いよいよその日が来たという気がする。

わたしは感ずる、できる、と——

この言葉を信じよう。

この一行の言葉が私をつつみ、落葉が舞い降りるように私に降ってきた。打ちならす晩鐘の何か心をゆさぶられる、この予感。それは一体何だろう。もうそんなに時間はのこっていない。

こんどこそ、今こそこの時禱詩集がなぜ私を魅きつけるのか。その答えを知りたい。この一節が胸にしみとおって祈りの言葉のようにさえ思われる。

この時禱詩集を読むことはその背後に連なる延々たる山々、深い渓間のかずかず、厖大なヨーロッパのギリシア哲学、古代キリスト教の思想等々を多少とも理解しなければ到底読み込むことは出来ないとまず痛感する。

今までなんどとなく試みても途中で放棄せざるを得なくなるのはそのためで、荘重な背景や詩文の美しさに心ひかれて読むうちに、何を語り、何を訴えているのか、真実受けとめることが出来るのかと自問する時、忽ち崩れさる自信をなんど経験したことか。

一九九七年に書きはじめたノートにそのことが痛いほど記されている。求めようとしながらあまりの難解さに自分をいつわってある程度わかったような気になっても、それが本当に自分のものとして内面にしみこむものでなければすべては泡沫《みなわ》にすぎぬ。私の力量に及ぶべきもないのだと思いしらされ、とうとう今日まで来てしまった。

しかし、どうしても捨てきれない。この時禱集をあきらめることができない。それだけの器でなくてもわかりたいという気持、それだけはどうしようもないのだ。そして、頁を開く。すると、そこへ舞い降りてくる数行の詩。——

どんなものもわたしにとって小さすぎることはない、小さくともわたしは愛する。

（第一篇）

わたしは廻る、神のまわり、太古以来の塔のまわりを、
何千年来廻っている。
しかもまだわたしにはわからない、わたしが鷹なのか、嵐なのか、
それともまた大いなる歌なのか。

（第二篇）

かれらのなかを神はあかあかと燃えながら行くのだ。

しかしわたしがいかにおのれのうち深く身を傾けても、
わたしの神は暗く、黙々として飲むたくさんの
根で織られた織物のようだ。

（第三篇）

神は燃えてゆくのか、いかにおのれの内深く身を傾けても、神は光なのか、闇なのか、そして私は何なのか、あまりにわからない。しかし何か壮大な深淵の間近に来ているような気がする。ただはっきりわかっていることは何か魂に打ち込まれる楔《くさび》がほしい。そういうものに少し近づいているのではないか。時が迫っている。私はすでに八十代をなかば越え、肉体はともかく、精神が健全であるうちに出会いたい。

冒頭の「わたしは感ずる、できる」が一縷の望みだ。リルケの詩集であるとか、最高の認識の書であるとか一切考えず、あの晩鐘の響きのように、魂にじかに、静かに浸みわたるものを求めたい。それにはまず知らなければならないことが山ほどある。

永く伝わってきた人類の叡智の所産、宗教や文化、歴史の真実を知りたいと思う。

本文の詩は考え抜かれた精緻な一行一行であるが、それだけを読んですぐ諒解できるものではない。まずこの詩集の後註、解説を読まなければならない（以下、時禱詩集からの引用は、後註を含めて、塚越 敏監修、金子正昭訳『時禱書』「リルケ全集第2巻 詩集II」河出書房新社、一九九〇年所収による）。後註は実に誠実に、本文より詳しく一冊の本を読むほどであるが、それが私にとって得がたい支柱のように思われる。その頃のリルケの生きる背景にあった時代の動き、状況、初稿、決定稿の覚え書など、次第に漠然としたものが姿をあらわし、そこにロシアの修道僧が浮び上る。そしてやがてリルケ自身の中に修道僧はすべりこむようにして一体化してゆく。作者自身はいうまでもなくヨーロッパの詩人である。それがなぜ文化圏の異なるロシア僧と対置することになるのか。

一八九九年四月、二十四歳のリルケはルー・アンドレアス＝ザロメと共にロシアへ旅行し、この国に対して深い感銘をうけ、翌年五月にも二回目の旅行に出かけている。ルー・ザロメは、ニーチェをはじめ多くの作家、哲学者や晩年はフロイトなどとも親交があったことでよく知られているロシア系ユダヤ人の作家である。リルケはその後ロシアの歴史、宗教、風俗、言語、芸術についての研究に没頭する。東方正教会の聖地であるギリシアのアトス山にこもる修道僧たちの古いイコンの画法、など本格的に研究がなされた。ロシアのイコンとはビザンチン以来の伝統と一定のきまりを遵守した画法で、「人間の手によらずに画かれたキリスト像」という伝説と共に聖ルカの描いたマリアの像にはじまるという。神あるいは聖なるものを「言わぬ」ための画法とはどんな画法なのか。

イタリア・ルネッサンス絵画（ティツィアーノなど）は神あるいは聖なるものを人間的に解釈しているのに対して、ロシアのイコンは見ることのできぬものが肉身をまとってあらわれた以上はイコンとして画くことは正当である、と。神と神の似姿、すなわち神を画くのではなく、その原型へと思いを至らしめるような神の似姿、まさに神を、「言わぬための画法」である。イコンの画僧はおまえであり、わたしはリルケであったものが、いつの間にか「神とおまえとわたし」が書いたと並列させられている。どう解釈すればいいのか。この三者が協同してひとつのまとまった全体としての詩篇の世界をつくり上げている。

……わたしたちの心があからさまにあなたを見ようとするたびに、
わたしたちの敬虔な手があなたを覆い隠してしまうから。
（第四篇）

わたしは　真のわたしがいる暗い時が好きだ、
それはわたしの感覚の深まる時だ。
（第五篇）

おんみすぐ隣にいます神よ、長い夜にいくたびか
わたしが強く戸を叩いてあなたを妨げるのは――
それは　あなたの呼吸の音が時たま聞こえるだけで
あなたが広間にたった独りでおいでなのを知っているからです。
あなたが何かを求められても、そのあなたの探るお手に
飲物を差し出す者はおりません。
わたしはいつもじっと耳を澄ましています。ちょっと合図をしてください。
わたしはすぐお傍にいます。
（第六篇）

「神とおまえとわたし」がいつの間にか入れかわり、あなたと呼びかける。それをいちいち

正そうとはせずあなたと神を呼び求める。そしてわたしは神である。リルケはその三者の間を羽のように飛び交い、戸惑う読者に魔法をかけて誘《いざな》ってゆくようだ。だが魔法にかかってはいられない。

まさに世紀が変わろうとする　ちょうどそのときにわたしは生きている。
大きなページがいまめくられて立つ風が感じられる、
神とおまえとわたしとが書き
見知らぬ者の手のなかでたかだかとめくられるページの立てる風が。　（第八篇）

「嵐のただなか、風がやんで鎮まりかえる夕暮れの森のなかを、耳を澄まし、息をひそめて家路を辿りながら――」（第八篇前覚書）
「……真暗な西の空に、明るい燃えるような夕焼けがでて、見たこともない奇妙な紫色に雲を染めた。そして小刻みにふるえる樹々の向うに、いまだかつてない夕暮れが現われた。僧は、世紀の変ろうとする時に生きて、それをひとつの予兆と感じ、その予兆を前にして敬虔な思いになった。一八九九年九月二二日。」（第八篇後覚書）

あなたは声高に「生きよ《レーベン》」と言い、声を低めて「死ぬるべし《シュテルベン》」と言われた、そして何度も繰り返し「在れ《ザイン》」と言われた。

（第九篇）

と、ここで実に信じられぬ、あり得べからぬこと、絶対に起ってはならぬことが現前したのである。

だが　最初の死よりも前に殺害がおこなわれたのだ。
するとあなたの成熟した創造の圏に亀裂が走った、
そしてひと声の叫びが貫き、
いまようやく集まったばかりの
声々を一掃してしまった、
あなたを言い
あなたを担おうとして集まった声々を、
すべての深淵の架け橋であるあなたを――
そしてそれ以来　声々が口ごもりながら言ったのは
昔ながらのあなたの名の
欠片《かけら》ばかりだ。

（第九篇）

青ざめた少年アベルが言う――
ぼくはもう存在しない。兄がぼくに与えたのだ、
ぼくの眼が見ずにいたものを。
かれはぼくに光を科した。
……（中略）…………
かれがぼくにしたようなことをかれにする者はいないから。
ひとはみなぼくと同じ道を歩んだ、

（第一〇篇）

これは一体どうしたことだろう。何が起ったのか。私は急いで旧約聖書創世記を読む。

第四章　カインとアベル
さてアダムは妻エバを知った。

彼女はみごもってカインを産み、「わたしは主によって男子を得た」と言った。

彼女はまたその弟アベルを産んだ。アベルは羊を飼うものとなり、カインは土を耕す者となった。

時を経て、カインは土の実りを主のもとへ献げ物として持ってきた。

アベルは羊の群から肥えた初子をもってきた。主はアベルとその献げ物に目をとめられた

が、カインとその献げ物に目をとめられなかった。

カインはげしく怒って顔を伏せた。

主はカインに言われた。

「どうして怒るのか。どうして顔を伏せるのか。もしお前が正しいのなら顔をあげられるはずではないか。正しくないなら罪は戸口で待伏せしており、お前を求める。お前はそれを支配せねばならない」

カインが弟アベルに声をかけ、二人が野原についた時、カインは弟アベルを襲って殺した。

主はカインに言われた。

「お前の弟アベルはどこにいるのか」

カインは答えた。

「知りません。わたしは弟の番人でしょうか」

主は言われた。

「何ということをしたのか。お前の弟の血が土の中から私に向って叫んでいる。今お前は呪われるものになった。お前の流した弟の血を、口を開けて飲みこんだ土よりもなお呪われる。

土を耕しても土はもはやお前のために作物を生み出すことはできない。

お前は地上にさまよい、さすらう者となる」

カインは主に言った。

「わたしの罪は重すぎて負いきれません。今日あなたがわたしをこの地より追放なさり、わたしは御顔からかくれて地上をさまよい、さすらう者になってしまえば、わたしに出会うものは誰でも私を殺すでしょう」

主はカインに言われた。

「いや、それ故カインを殺す者は、誰であれ七倍の復讐を受けるであろう」

主はカインに出会う者は誰でも彼を撃つことのないようにカインにしるしを付けられた。

カインは主の前を去り、エデンの東、ノド（さすらい）の地に住んだ。


戸惑う私は聖書のこの個所を何べんも読む。最初の死よりも前に殺害がおこなわれた、とは何ということか。すると、あなたの成熟した創造の圏に亀裂が走り、それ以来人類は口ごもり、あなたの名の欠片《かけら》ばかりを言うと。一体なぜ、主はカインとアベルの献げ物に対して、受け取るものと受け取らぬものに分けたのか。差別したのか。これは人類が意識したはじめての差別ではないか。そして主はカインが正しいのなら顔を上げる、正しくないのなら罪は戸口で待伏せしてお前を求めている、と。

まるで罪はカインを仲間に入れようとしているようではないか。その上主はカインを殺す者は七倍の復讐をうけると、それを受けないために、「主はカインを見つける者がだれも彼を打ち殺すことのないように、一つのしるしをつけられた」と。そして詩の中では、「かれがぼくにしたようなことをかれにする者はいないから」とアベルは言い、「ぼくのことは夜が覚えていてくれた、兄のことは覚えていないで」と。何か黒い哀しい剣が胸に刺さり、あまりに深い謎の剣先が抜けなくなっている。殺害、罪、復讐、呪い、それらがすべて差別からはじまっていることに。

「嵐の夕、聖書を読んでいて、あらゆる死に先立って、アベルの殺害がおこなわれたことを僧は発見した。そして心底から驚いた。僧は、ひどく不安で、外へ出て森へ行った。そしてあらゆる光、あらゆる香り、その思いをとりとめなく語るかれの声を凌駕して声高くうたっている森のさまざまな敬虔な物音を、わが身の内にしみ込ませた。そしてその夜、かれは夢を見、その夢のためにこんな詩を作った――」(第一〇篇前覚書)

そして第一〇篇「青ざめた少年アベルが言う――」に続くのである。

「かれはぼくに光を科した。」

この衝撃的な言葉！　私はそこに立ち止って動けない。科すとは何？　隠す、覆い隠す(verhängen)という動詞。それならかれはぼくから光を隠した、でもいいではないか。ところが、「ぼくに光を科した」ということはその内容が全然違うのではないか。「科した」という時、何か人類全体の絶体絶命の運命のようなものを感じる。差別などという後の世の人間の分別ではなく、神が意志としてそれを人間に科したような気がする。必ず絶体絶命の時は来る。その時二人の中《うち》一人、一人しか生きられない人間の宿命、人間の中《うち》、一人はもはや神――それは闇――に戻れない。否応なく光の中しか生きられないのだ。光の中とは現世、生きて働いて身を削って死なねばならぬこの現実の中にしか生きられない。

「神が光であり、神の言葉が光であり、正しい生き方が光であり、そこに約束される生命が光である」（『キリスト教大事典』）。

多くの人々の今日までそれはゆらぐことのない言葉であった。しかしここにきて、正しい生き方とは何か。本当に光なのか。思いがけず闇と光が逆転しているのではないか。人類は最初の死より前に殺害をおこなっているのである。もし闇が神ならばそれを許すはずはない。それを人間は裏切ったのである。

反神、を人類は最初におこなったのだ。もう神―闇―のもとへ帰れない。神の喪失である。すると光は罪を犯した人間の生きる場である。前述の、神は「生きよ」と言われ、「死ぬるべし」といわれ、そしてなんどもくりかえし「在れ」といわれた。存在が問題なのである。生き、存在するしかない人間の宿命というべきか。私の中で何かが入れかわりつつ思いがけない力で押し出されてくるものがある。なぜ時禱集だったのか。なぜここまでひっぱられてきたのか。今まで私の心の底にうずくまり眠っていた得体のしれない闇が静かに目を覚まし呼びかけてくる。

「かれはぼくに光を科した」とは何か。闇、闇こそ真実の生、神は闇であり、光を科したものはもう闇にもどれない。光の中でしか生きられないという科を人間は背負ったのであろうか。光を科したことがようやく少し認識させられるような気がする。光の中で地を這うようにして働き、愛し、憎み、よろこび、苦しんで死んでゆくことが人間の宿命である、と。

わたしがそこから出てきた　なんじ闇よ、
わたしは焔よりもなんじを好む。
焔はまばゆい光を投げて
世界を区切り、
その区切られたひとつの圏のために輝く、
けれどその光の輪の外では　何ものも焔を知らぬ。
しかし闇はそれ自身に一切を容れている。
いろいろの姿や焔を、動物やわたしを、
…………（中略）…………
わたしは夜々を信ずる。

（第一一篇）

「はじめに光ありき」と聖書は言う。それならばその前にあったのは闇ではないか。闇がなければ光は生れない。とすると、「わたしがそこから出てきた　なんじ闇よ」という呼びかけは、そこに真の生と死をはらむ闇という存在があり、光があらわれる寸前に死より先に殺害がおこなわれたというのだ。人間は闇を奪われ、みずから光を背負うことになった。それ故神に背き、堕天使《ルチフエル》の住む国にしか生きられない。しかも科はますます威力を増して人間に覆いかぶさってくる。われわれが闇を慕わしく思うのはすべてのものがあらわとなり、隠されているものも一つもないこの現世にもういちど隠された秘儀を求めているのではないか。神は何の意図があって目もくらむ光の洪水を味わわせるのか、その意図が恐ろしい。

「だが、この夜、僧は目を覚まされた。聞こえたのは隣の僧坊からで、同輩の修道士の泣く声であった。目覚めた耳でそれと知ると、僧は起き上がり、帯を締め直して、その修道士のもとへ入っていった。年下の僧はすぐ黙った。が、目の覚めた僧は、その若い僧の泣きぬれた、無言のまま敵意を表わしている顔を、窓から射し込む細い月光がその顔に当たるようにして見ると、それを秘められた書物と呼び、どこかページをめくると、そのきらきら輝くページの上に、つぎのような言葉を読み始めた。」（第二三篇前覚書）

ある若い修道士の声

ぼくは流れる、流れ去ってしまう、
まるで指の間からこぼれ落ちる砂のように。
とつじょ無数の感覚が目覚め、
そのぜんぶが異様に渇いている。
いたるところが腫《は》れ
痛むのを感ずる。
だが　もっとも痛むのは心臓のまんなかだ。

ぼくは死んでしまいたい。ぼくを独りにしてください。
この脈搏が破裂するほど
それほど不安に徹することが
ぼくにもできるだろうと思うのです。

（第二三篇）

僧院の中で知られざる無数の嘆きや慟哭が夜々繰り返されていたに違いない。訴えようもない孤独と不信に悩む日々は、喧噪の実社会に於いても変りなく、虚構の中で渦巻く競争の波にもまれ、あらわな戦いの日々であり、こうした聖なる空間に於いても陰に虚構はすきまなくはびこり、無意味と知りつつひたすら修行にはげむ日もあることだろう。

しかしまたこのような僧のひそかな悦びも訪れることがある。

「息をころして庭から帰ってきた僧が、柔かな光に照らされているかれの小さな僧坊の敷居をまたいだとき、ようやくこの詩の最後の部分が浮かんできた。が、そのとき詩句もすでにできあがっていた。そして詩句の訪れは、調和と晴朗な気分の訪れのようであったので、僧は急いで寝床を整えると、今夜は考えたり祈ったりせずに眠ろうと決心した。眠りに先立って小さな詩がひとつ生まれ、僧はその詩に気がついてまだ微笑を浮かべていた。」

（第二二篇前覚書）

「そして僧は、心の奥底が明るくなり、自分があらゆる事物に与えられており、どんな喜びの上にも偏在していることを感ずる、ちょうど黄金の輝きが、この世のすべての黄金の上に自分があることを知っているように。そしてかれは、階段を上ってゆくように、自分の詩句を登ってゆく、そしてもはやそのために疲れることがない。」（第一九篇後覚書）

「このとき、僧は神のすぐ傍に近づいた。」（第二〇篇後覚書）

私はこの覚書に記された僧の姿が好きだ。リルケは屢々初稿の前や後にこの覚書をつけている。この小文が、森の夕暮れに走り出る僧や泣き濡れた若い僧の顔が月光にあたって浮かぶさま、閉ざされた僧院の陰鬱な生活や静かな光に満ちた束の間の浄福を思わせるからである。そして神はこう呼びかける。

わたしはいる、おんみ不安を抱く者よ。あなたには聞こえぬのか、
岸に砕ける波のように　わたしが全感覚であなたに打ち当たっているのが？
翼を見つけたわたしの感情は
あなたの顔のまわりを白い飛沫となって飛んでいる。
あなたの前にちかぢかと　静寂をまとって立つ
わたしの魂があなたには見えぬのか？
新緑のわたしの祈りは　木に熟するように
あなたの眼差しには熟さぬのか？

（第一九篇）

夕陽の最後の襞《ひだ》のゆらぎがかき消えて、蒼い帳《とばり》がどこからか忍びよる頃、私はようやく落ち着いて闇の中に身を浸す。〃静寂をまとって立つ　わたしの魂があなたには見えぬのか？〃と呼びかけられるようだ。〃私はここにおります。どうか私の想いをお聞き下さい。〃闇の中に次から次へと想念が浮び上り、私はほとんど宙にあって自分の想いに引き揚げられ、どこか本当

に旅に出ようかと、もう頃は熟している、何一つ私を引きとめるものはない。私さえその気になれば用意は整っている。めくるめく憧憬の想いが湧く。今日までの人生で自分から旅に出ようとそれを実行したことはなかった。多くの旅をした。しかしそれはすべて自分で計画したのではなかった。縁まかせということか。ただ織の仕事のみは何から何まで自分の意志でひたすら歩いてきた。それで精一杯だったのだろうか。

　このたびリルケの時禱集を何としても読み抜きたいと、十数年思い続けて果せなかったことをようやく一念果すべく読みはじめたのだ。人がリルケをどう評価しようとかまわない。私はここに神の問題を求めようと決心した。それは私にとって一つの旅ではないか。この旅で私は書きたいことを書く。冒頭から神は闇であるというあまりに大きな問題が降ってきて私は戸惑い、聖書をひもといたり、人類の原罪ともいうべき弟殺害の科に向き合った。あまりに信じがたい、あり得ないことだと思ったが、私の中ではどこかでそういうことか、という暗い扉が開く思いがした。すでに古事記の倭健命《やまとたけるのみこと》の兄殺しにはじまる悲劇でも知られるように、神と人との分離する深淵にはそのくらいの惨事がおこなわれるのは当り前のことかも知れない。そうして人間は人間の闇を負い、この世に生存を許される。この先、時禱書を読むことはその闇を背負って行くことだと覚悟しなければならない。

わたしの愛する　あたかも兄弟のような

これらすべての物たちのうちにわたしはあなたを見いだします。
小さなもののなかでは種子として陽光を浴び、
大きなもののなかでは大きく身を与えていられます。

それこそがもろもろの力の不思議な作用《はたらき》です、
そのように仕えながら物たちのなかを行くことこそ——
根の中で成長し、幹のなかへと消え、
そして梢で復活のように立ち現われることこそが。

（第二二篇）

二十数年前、宇佐見英治さんからいただいた手紙の中にこの詩が書かれていた。宇佐見さんとは往復書簡をずっと続けていて（対談集『一茎有情』用美社）、その時はただリルケの詩だと思って心にのこっていたが、亡くなられてから時禱詩集に見出した時、急に懐かしさが迫って来た。その書簡の中にもリルケは「美は自から作り出すものではなく恩寵のように作品の上に訪れるものだ」といっていると書いてあった。宇佐見さんの書簡は、いつも薄い透けるような洋箋に鮮麗な筆で綴られ一字一句美しかった。その時あまりリルケの話をしなかったのが惜しまれるが、いつか山中湖畔でヘルマン・ヘッセの『ガラス玉演戯』の話を熱く語られ、私はすっかり魅了されてその本を拝借して読んだ。ところどころ細かい書き込みとうすい朱線がひいてありさぞ大切に読み込まれたろうと察しられた。人と本、そして読書がどんなに深くその人生にかかわっているか、本なくしてその人とのかかわりあいはないかの如く思われ、お互いの心に通じる一筋の道なのではあるまいか。それもごく少数かぞえるほどもない二、三の友人。それにもまして大切なのは自分と本のかかわりである。ほとんど生涯、生死の際まで離れることのない無二の友人、それが本である。肌身離さずたずさえてゆく本、我が身の分身とさえ思いたい。

これらの詩篇はどれもこれも珠玉の如く美しく、力づよいのでどれも写しておきたいほどであるが、その中でも、

たとえわれらが欲しなくとも、
神は熟する。
（第一六篇）

この謎のような言葉が心にのこる。そしていよいよ神を建てるという問題に入る。

ごらんください、神よ、あなたを建てようと　新しくひとり参ります、
昨日までまだ少年だった者が。……
（第二四篇）

わたしたちは職人です、徒弟　兄弟子　親方です。
そしてあなたを建てています、おんみ高い中堂よ。
するど時折ひとりの真摯な旅人がきて、
さながら閃光のようにわたしたちの百の心を通りぬける。
そしておののきながら　新たな要領《こつ》を教えてゆく。

（第二六篇）

一九〇四年、リルケはスウェーデンの社会思想家であり女性解放論者でもあったエレン・ケイに、「あなたは神を信じますか」と問われ、次のように答えたという。
「徐々に経験した、しばしばわたしの力に余る、このような苦しい体験のすべてから、わたしはつぎのように信じるようになりました。精神のある発達時期に、神は存在しない、存在しえたことはまったくない、と思い、また言う、そういう人々は正しいのだ、と。けれども、この告白は、わたしにとっては、無限の肯定なのです。というのは、もしかすると神は使い尽くされて、消えてなくなってしまったかもしれないという不安が、すっかり解消して、いまは、神がやがて存在するだろうことを知っているからです。神はやがて存在するでしょう。孤独な、時間の外に身を避けている人々が、神を建てるのです、心と頭と手で神を建てるのです。ものを造る孤独な人々、芸術作品（すなわち未来の事物）を造る人々が神を建てる、神の実現に着手するのです」と。

今神は存在しないが未来における神の存在を信じるというリルケの言葉は、そのままやがて神を産もうとするマリア像へ連なってゆくことになるのだろうか。

もし本当に誰かが、「あなたは神を信じますか」と問うたら私は何と答えるだろうと思った時、突然思い出した。今から六〇年くらい前のことだ。私は裏庭の大きな枇杷の木の近くで洗濯物を干していた。その時偶然にポケットの中に入っていた果実の実にふれ、それを手にした途端に世界が一回転したごとく烈しい衝動にとりつかれ、呆然と石のように堅くなって突っ立ってしまった。私はその種子をぎゅっと握りしめ、私は種子だ！この種子はどうなってしまうのか！と思わず呟いた。

生れて子供から大人になり老年になって死ぬ。その先は？　この種子になったその先は？私の周囲が突然遠のき、まるで未知の、音のない、色のない無空間に放り出されたようだった。死ねば何もないのか。いやこの種子がある。消そうにも消せないこの一箇の種子。この種子を地にまけば芽を出し、花を咲かせてやがて散る。種子がのこる。人間とて同じだ。必ず種子のごときものはのこる。それならば土にまき芽を出す間、人間はどうなる。死んだあとはどうなる。輪廻転生などということも知らなかった。しかしこの種子をぎゅっと握ったとき必ず生きかえると確信した。

人間は生きかえる。必ず今生のこの生だけではない。誰にたずねるわけでもなく人間は生き継ぎ、死に継ぎ、魂は続いてゆく。その魂こそ種子だ。何といわれようと今握りしめている種子がそのあかしだ。死から再び生れ変るその間こそ何か大いなる力が働いてそれをこそ神と呼ぶか、霊魂の不滅を司る大きな力、永遠に続く生命の根源のようなものが必ず存在すると私は確信した。裏庭の片すみで私は生れ変ったごとくつよく確信した。それこそ神が働いて下さったのか、不動のものが私の手の中の種子をとおして授けられた。

神が宿らずしてどうして人間は思考をもつことができるだろう。考えて思いをこらしてひとつひとつ洩らさず心に刻んでゆく。夜休む時思わず祈る。神が在るのか無いのかと考えるまえに私たちは神よと呼びかけている。幼い時寝る前に手を合せて、神さまと呼んだ。それは教えられたものではなく求めている心だと思う。どうしても人間は求めることを止められない。何かを知りたいと願う。すべてをでもなく、たった一つをでもなく、存在そのものを知りたいのだろうか。

私もあなたを建てる職人の一人になりたい。一本の釘を打ちたい。衣の裾の一織でも織らせてください。必ず神を建てる人はあらわれる。

ロシアのペテルスブルグへ行った時だった。同行の高橋巖さんがエルミタージュ美術館の一室で講演された。ドイツ語だったのでわからなかったが大乗仏教についてだった。あとで説明していただいたが、華厳経の中で仏陀の言葉として、「奇なるかな、奇なるかな」ではじまる一節だった。

「ふしぎだ、ふしぎだ、どうしてこの世に生きているあなた達は真実を見ることができないのか。あなた達はみな仏陀の悟りの叡智を自分の中に授かっている。それなのになぜそんなに迷うのか。あなた達みなが永遠に妄想から解放され自己意識をもって仏陀の偉大な叡智を担い、まさにその点に於いて仏陀が全く同じ存在であることを知ってもらうために、私は全力を傾けて教えを説いているのだ」と。

応身《おうじん》とは相手と全く同じ立場で目覚めさせることである、なぜそれに気付かないのか、というような内容であった。仏陀はこれ以上わかりやすい言葉はないほど適切に語っているではないかと。私たちは東洋においてそこまで語られているのだが、一方リルケは神の不在について次のように語る。

「神は人間の合掌したたくさんの手や、天にむかってそそり立つゴシック式教会に恐れをなし、反対側から天を出て沈黙したまま、自分を迎えてくれる闇の中に逃れていった」と。それを読んだのはリルケの『神さまの話』の中であった。

その頃奈良で仏教美術の大展観が開かれていて、私は兄を亡くした後はじめて夥しい荘厳な仏像、仏画に出会った（昭和四十年頃か）。その時兄が生前もう自分には仏は描けない、画けば仏を汚すことになる、現代に生きる人間の罪の自覚なくして仏画は描くべきではないと言っていたことを思い出した。もしかしたら神の裏側に出てしまったのは人間で、闇の中へのがれてゆく神の後姿しか見ることは出来ないのかと、荒涼とした現代にとりのこされた寂寥と恐怖を味わった。
しかしリルケは言う。孤独な人間が手と頭と心で必ず神を建てる、と。こんな汚濁の時代にもそういう人はいるだろうか、と思うのはまちがいで、小さな石一つでもその塔を建てるために運んでいかなければならない。他人がするのではない、自分がするのだと、この時禱集は呼びかけているのだ。

それは　いままさに終わろうとするひとつの時代が
いまいちどその価値を総括する
そういうときにつねに立ち帰ってくる男であった。
そういうとき　なおひとりかれのような男が　その時代の全重量を持ち上げて、
おのが胸奥の深淵のなかへ投げ入れるのだ。
（第二九篇）

この箇所を読んだ時、私は思い出した。『神さまの話』の中の「石に耳を傾けるひとについて」の話である。
「神には、ただひとつのものしか、見わけがつきません。ミケルアンジェロの力です。ミケルアンジェロの力が、さながら葡萄山《ぶどうやま》の香気のように、神のもとまで、立ち昇《のぼ》ってきたのでした。そこで、神は、じっと辛抱づよく、ミケルアンジェロの力が、ご自身の心のうちを、いっぱいに、みたしてゆくがままにさせていました。神は、のめるように、前かがみになりますと、創造する男のすがたを、見つけました。そうして、その男の肩越しに、石をまさぐりながら、なにかを知ろうと努めている両の手を、しばらく、見守りつづけていますうち、ふと、胸を突かれました。石のなかにも、やはり、魂はあるのだろうか。なぜ、あの男は、石などに、聴《き》き耳を立てているのだろうか。すると、そのときです。男の両手は、にわかに目ざめて、さながら墓でも掘るように、その石を抉《えぐ》りはじめました。なんだか、石のなかでは、いまにも絶え入るように、かぼそい声が、ふるえています。神は、すっかり不安になって、『ミケルアンジェロよ』と、呼びかけました。『石のなかには、だれがいるのじゃ』ミケルアンジェロは、じっと、耳を傾けました。その両手は、わなわなふるえていました。やがて、彼は、せつなそうに、答えました。『神さま、余人ではございません。あなたです。でも、私は、あなたのところまで、まいれません』それを聞いたとたん、神には、自分がたしかに石のなかにいるように、感じられてきて、胸苦しい、窮屈な気分が、湧《わ》いてきました。天空は、挙《あ》げて、ただひとつの石と、化してしまいました。神は、そのまったただなかに、閉じこめられて、いまは、自分を解放してくれるミケルアンジェロの手に、ひたすら、望みをかけるばかり。しかも、その手は、近づいてきているらしく、神の耳にも、はっきり聞えてはいましたが、まだまだ、はるか遠くにありました。

……………………（中略）……………………

彼は、膝《ひざ》を折って、ちぢかまると、周囲の壁のなすがままに任せました。すると、かつて一度も味わったことのない、謙虚な気持が、身うちに、湧《わ》いてくるのを、覚えて、彼は、なんとかして小さくなりたいという望みをさえ、いだくようになりました。そのときです。どこからともなく、声がして、『ミケルアンジェロよ、おまえのなかに、だれがいるのじゃ』それを聞くと、狭苦しい小部屋にうずくまっていた男は、額を、重たげに、両手のなかに、埋《うず》めながら、かすかに答えました。『神さま、余人ではございません。あなたです』

そのときです。神のまわりは、たちまち、ひろびろと展《ひら》けました。イタリアのうえに伏せていた顔を、いまは、思う存分にあげて、のびのびと、神は、あたりを見まわしました。」

（谷 友幸訳、新潮文庫）

この話が時禱詩集の中で神を建てる人として結びついた時、何か心がときめき、余人ではなくあなたです、と呼びかけるミケランジェロを急に身近に感じた。人間の中に在る神、人間の中でまことに数少ない孤独な芸術家が吾が身を挺して彫りおこす神、石の中に永遠に埋れていたキリストを抱くマリア、かの「ピエタ」を私達は目のあたりにすることができるのだ。人類の悲しみを浄化し抱きつづけるピエタをミケランジェロは彫りおこしたのだ。

神よ、あなたは独語してこう言い放たれた、
あなたの時は空間において円を閉じると、
そのあなたの時が　わたしにはなんとわかることだろう。
あなたにとって　無はいわばひとつの傷であった。
そこであなたは世界によってその傷口を冷やされた。

いま　それはわれわれの下でひそかに癒えつつある。

（第四一篇）

修道僧は毎日定時に祈りの時をもつ。それは神との出会いの時である。われわれの日常の時間とそれははっきり区別されなければならない。この詩句によると神の時は、時間ではなく広がる生の空間にあって円を閉じるという。それならば私達の時間とその時とをどう理解すればよいのか。この「時」とは過去から未来へむかう日常の時間意識をいわば垂直に断ち切って内部へと向う構造をもっている。その内部へと向う時、日常の煩雑な時間をいさぎよく断ち切って、僧が神との出会いという「時」、その時にわれわれは本当に出会えるだろうか。私自身果して……日々、たとえ五分でも十分でもいい、その時を持ちたいと願う。『時禱書』後註によれば、木村　敏著『時間と自己』（中公新書、一九八二年）の中に以下のように記されているという。「どんな健康人のもとにもときどき訪れる非理性の瞬間として、愛の恍惚、死との直面、自

然との一体感、宗教や芸術の世界における超越性の体験、災害や旅における日常的秩序からの離脱、呪術的な感応などの形で出現しうるもの」また「真の現在は、未来と過去を自己自身の中から生み出す源泉点として、未来や過去よりも根源的な、独自の存在を保っている。現在とは、いわば垂直の次元、深さの次元である。」と。

たしかに私たちは時として全く日常と異なる時間帯に落ち込むことがある。私も遠い過去に全く異なった時間帯に落ちたことがあった。それは戦時中、神戸駅の待合室で過ごしたまる一日、あっという間に時計の針がぐるっと廻って一日が過ぎた。あれこそ超越的時間帯であり一生にいちどあるかないか、日常的意識の解体と思われるほどの垂直の時間だった。時禱集にしばしばあらわれる「時」はさらに日常性全体の基底面が底抜けになって内部へむかって空間的にひろがってゆき、神と私との時が円を閉じるという。マリアがイコンを出て光と時間の世界をさまよい、さまざまの形姿、さまざまの作品に宿りつつ巡り巡ってまたイコンに帰ってゆく。そしてマリアの時が円を閉じると、それは時の輪を完成する時であり祝祭のようだという。

もし画僧の祈りの時のように、われわれにもこの非日常の祈りの時をもつことが出来るならば、この時禱集の冒頭のように晩鐘の響きと共にその時が訪れるかもしれないのだ。その時こそ祝祭のような「非日常的意識《イントラ・フェストゥム》」（木村 敏）のはじまりとなるのではあるまいか。

いま私は時を求めて垂直に内面にむかって旅したいと思う。迷いつつ出発をおくらせていたその時がいま訪れたこの巡礼の旅ではないか。この時の中に生きる自分、日常のもろもろの衣服を脱ぎすて、雑然とした概念を打ち捨てようやく最後の旅が、今この時なのではないか。その旅というのは、成熟した物や事として現前するものを私が全存在をかけて受けとめることではないか。それは委託を受けるということなのではないだろうか。

「一行の詩のためには、あまたの都市、あまたの人々、あまたの書物を見なければならぬ。(中略)しかも、こうした追憶を持つだけなら、一向なんの足しにもならぬのだ。追憶が多くなれば、次にはそれを忘却することができねばならぬだろう。(中略)追憶が僕らの血となり、目となり、表情となり、名まえのわからぬものとなり、もはや僕ら自身と区別することができなくなって、初めてふとした偶然に、一編の詩の最初の言葉は、それら思い出の真ん中に思い出の陰からぽっかり生れて来るのだ。」(『マルテの手記』大山定一訳)

本当に人生はその一行の詩句を得るために生き続けるのかも知れない。その詩句がながい時をかけて成熟し果実のように実った時、それが自分なのか、他人なのか、人生そのものなのかわからないほどに時が円を閉じ、物や事としてあらわれる言葉そのものとの真の出会いが成就するのかもしれない。

リルケはそのことを時禱集で語りつづけている。その一行の中で歌い、語り、沈んでいった多くの思い出の門をくぐって、ようやくたどりついた僧院の長い回廊、樹々の茂る森や道、そこにリルケは修道僧と共に生き、祈り、或る時は修道僧になりかわってこの連詩をかきつづけた。どの一行をとり出してもどこか永遠の時の裳裾にひっかかっているようで消すことができない。私はそのすべてをここに書き写したいと思うほどである。言葉の柔らかな響き、謙虚ないたわりの思いがまるで琴の音のように美しく奏でられる。そろそろ第一部が終ろうとしているのを私は別れを惜しむように、いとおしむ思いで頁をくり次の頁へと目をはこぶ。リルケが深いいつくしみの思いをもって語ってくれるのをせめてその一端でも理解したいと思い、その一端にでも触れていたいと思う。

時禱集そのものがリルケという修道僧のように思えてくる。はじめて知る「時」と「時間」、この厳然とした相違をようやく身を以て知ることができた。私は時の重さを知り、内面に静かに降ろされる錨《いかり》、そこに私の時を持つ。それはこの時禱集と共に、僧侶と共に祈ることだった。そんな時を得るとは思わなかった。その中でどうしても動かすことのできないもの、それは神の存在ということであろう。

『カラマーゾフの兄弟』の中で、イワンにゾシマ長老が答えて言う。「肯定に解かぬかぎり、問題は否定に解けぬ」と。否定はできても肯定にはならず、更に否定へと深まるばかりだ。イワンは神は存在しないといって、それを肯定できるだろうか。大審問官の中で大審問官に接吻するキリストを描いているではないか。人間の存在を否定できないように神の存在を誰が否定できるだろう。イワンは地獄の苦しみの中で求めているのはやはり神ではないか。この時禱集の中で繰り返し繰り返し問いかけてくる神の存在、近づいては消え、消えては近づく神の姿。

あなたが来る、そして出て行く。家の戸がいつもとちがって
それはそれは静かに閉まる、ほとんど風もたてずに。
静かな家々を通りぬける
あらゆるもののなかで　あなたはもっともひそやかなもの。

誰もがあなたに馴染んでしまうので、
読みふける本にあなたの青い影が落ちて
本の絵を美しく染めても
眼を上げて見ようともせぬ。
いつも物たちが　あるときは低く　あるときは高く
たえずあなたを響かせているものだから。

しばしば　思念する心のうちにあなたを視つめていると、
あなたの全容はいくつにも分かれ――
あなたは駆ける、いわば明るく輝く幾頭もの鹿だけになって。

そしてわたしは暗く、わたしは森だ。
あなたは車の輪だ、そしてわたしはその傍に立っている。

（第四五篇）

四月九日、このノートを書きはじめてからまだ十日しかたっていない。信じられないくらい時が経ったような気がする。そのあいだに、三月二十九日夜半から翌朝まで、二どと巡り合えないようなふしぎな「時」があった。

「あなたはこのようにあなたの衣のうちから月と、雪と、花をとめどなく見事に繰り出して山をおおい、花に宿り、月におぼろにより添ってあらわれます。あなたは雪ですか、花ですか、いえ、月そのものだったのでしょうか。ですから、月はひかえめに姿をかくし、朝の光に身をゆずったのです。広沢の池の遍照寺山は瑠璃の粉々《こなごな》の衣裳で身をつつみ、池に光となって映っていました。しだれ桜はさらにさらにしだれてこころよげに白い綿帽子をかぶっていました。明日は四月という花の見ごろの京都、朝七時、異界の訪れの気配にいそいで娘と広沢の池の畔へ、この奇跡のごとき光景に全身総毛立って立ちつくしました。しかし、雪月花というもあわれ、ふりむけば春の雪はあっという間に消えて陽春の日ざしが嵯峨野にふりそそいだのです。」

その日ふしぎなことに私はリルケのことをもう書かずにはいられなくて胸が鳴っていた。しかし書くノートがない（ノートはいくらでもあるが気に入ったノートが）。偶然にもその日ライティングショップからかねてたのんでいたノートがフィレンツェからとどいたとの電話、飛ぶように買いにいったこのノート、一目《ひとめ》で気に入った。ノートの好きな私はいいノートがあればすぐ書きたくなる。書くうちに、書くことで目覚めてきて自分でも思いがけないことが起る。

昨年の秋頃、ふと書き出した小さな物語（本書冒頭に掲げた「巡礼」）が自分でもふしぎなのだが、何か書かせられたような、自分でも知らず知らず書いてしまったような気がする。というと少々無責任のようだが、そうではなく止むに止まれず胸の内にしまっていた私の願いのようなもの、まだしっかりと覚悟もできていないままにすべり出してしまって止まらない、本当はまだ心の底に安定していない、かと言って私はこの心の奥の重い重いものをいつか言葉にしてあらわさずにはいられない、それが今か、もっとずっと先かと逡巡していたものが、ある時すらすらと手からすべり出して小さな物語になってしまった、という感じなのである。しかもその最後の文章は、

「そしてとうとう、このたび巡礼に出ることに思い至ったのです。」

で終っているのである。何か重いものが、心に深く垂れ下がり、片時も忘れることのできない願いを託されたのだ。それが何かわからない。しかしこのままで何もしないで言葉ばかり先行

し、何一つ身を捧げることもなく、言葉ばかり紡いで許されるものではない。逃れようのない責任のようなものが私の肩に重くのしかかり、この老いの短い時間を悔いのない一日一日として過ごさねばならない。

いっそ本当に巡礼にでるべきか、夜半に目覚めてふとその思いにとらわれたとき、寝床から宙に体が浮くような衝撃をうけ、自分にはとてもそんな勇気も決意もないまま、諸々の御仏を拝し、四国、奈良、滋賀などを旅することを現実に考え出すと果して、それが本当の現代における巡礼であろうか、魂のいざなわれるまま昔の人は巡礼を続けた、そこでは仏の慈光に触れ、後生を願う、それは私には心底魂をいざなわれるものではなく、現代における「旅」に終るのではないかと思われるのだった。

難行、苦行、旅の果に身を曝すことなど到底できるものではない。弱きものよ、卑怯ものよといわれてもそれはできない。身の内より湧く必然がなくてどうして実行できよう。暗澹とする日々、いいわけのように滋賀の十一面観音をめぐり、奈良の寺々に諸仏を拝し、それは旅として心に充実した悦びは得られても何の解答にもならないばかりか責任逃れのような重苦しさ、どうすればよいのか、現実の生活はめまぐるしく圧倒的な勢いで迫ってくる。このままでいいのか、何かを摑《つか》みたい、何かを知りたい、と、その時十数年前より机の上に立てかけてあったリルケの時禱詩集がふと目にとまった。

自分の裂でカバーしたノートをひらくと「一九九七年五月、時禱書を読む、毎日少しずつかかさず読む。」とある。そしてしばらく続いているがいつのまにか途絶え、再び二〇〇二年、心をふるいたたせて時禱書にむかう。ようやく小一時間ほどこの世界に入りこもうとすると何かわざとのように外部から心を乱すような呼びかけがかかり、まるで僧院のかたい扉が閉ざされたように心にとどかなくなり、泡のごとく消える詩文に毎夜々々同じ箇所をよむこととなる、と書いている。こうして時禱書は幾度か私の前にあらわれては消え、遂に今日に至ったのである。そうだ、時禱書を読もう、今度こそ本気で――。そして頁を開いたのである。

冒頭に記したように、とうとうその日が来たと感じた。まるで木の葉が舞い下りるように、心をゆさぶられて読みはじめたのだ。

そしてあっという間に十日がすぎた。

そこへ　わたしはひとりの巡礼として歩み入り、
額を圧する感覚に　あなたを感じた、

（第五七篇）

ほんとうに私はひとりの巡礼としてここまで歩いてきたのだろうか。いや、まだだ、本当の巡礼になっていない。まだもうすこし時間がかかるだろう。現実の時間がそれに対抗するかのようにのしかかってくる。実際この年齢《とし》でＤＶＤ撮影やその取材で十日間、近づく展覧会出品の制作、美術館でのディスプレー、勿論そのほとんどは娘が引き受けてくれているがどうしてもやらなければならないことは次々にあらわれる。併しその一つ一つを正確にこなしていかなければならない。微妙な秤の上にのっているようなこの世の仕事、一つでも手を抜いたら忽ち崩れてしまう精巧な機械の仕組のようになっている。

今日までやってきた仕事の総決算のような気がする。しかもここへ来て今までの仕事を百八十度転換しなければならない瀬戸際に立たされている気がするのである。それは時代という大きなうねりの中で必然的に変換を要求されその新しい要請にこたえてゆかなくてはならないということであるが、今はその場所に立ち止っているわけにはいかない。

私にはこの仕事がある。先を急がねばならない。そして思うことは今こうして時禱集と向き合うことと直面している仕事の問題とは決して切り離すことのできない、むしろこれこそが私にとって一点に結びつく唯一のものだと思っている。片方の仕事を重荷に思ったり、一つでも捨てたりすることは絶対にできない一体のものだと思っている。

どうかわたしになおしばしの時を与えたまえ。何人《なんびと》もかなわぬほどにわたしは
物たちを愛します、
物たちがみなついにあなたにふさわしく　かつ広大になるまで。
わたしが欲するのはただ七日間だけ、七ページの
何人《なんびと》もまだおのれを誌《しる》したことのない

七ページの孤独です。
その七ページを含む書物をあなたから授かる者は
いつまでもそのページのうえに身をかがめているでしょう。
あなたがみずから読すために　かれを諸手に
抱きとらぬかぎり。

（第六一篇）

ロシア正教の聖堂内では七つの燭台に七本の蠟燭がかかげられ、マリアをかこむ七人の天使もまた七本の蠟燭をかかげて祈っている。わたしの欲するのは七日間だけ、七ページの孤独という、七を周期とする法則がゆるやかに螺旋の如くめぐり、われわれも窮極その中で生きているのではないかとさえ思う。

いよいよ第一部の僧院の生活の書も終りに近づいた。この時禱書はリルケの二十三歳から二十七歳にかけての作品である。いかにも若い時にこれほど壮大な神の問題を提起しつつ、しかもロシアの修道僧に想定してできるだけ文学的ではなく、できるだけ詩集という印象をあたえず、素朴で力づよい、どこかでロシアの大地や民衆の息づくものにしたいと願い、はじめは「祈禱」という題さえ考えたという。リルケがいかに根源的なロシアに心を魅かれているかを思わずにはいられない。

さて、私はこの第一部を読み、今までの文学作品を読んだときとは全く違ってさまざまの湧き起る感慨に浸りながらも何か自分も道を求める修道僧になったかのような気持に屢々おちいり、悩みつつもますます深まる疑問、懐疑に苦しんだ。果してこの先従《つ》いてゆけるだろうか。何世紀にもわたって血となり肉となっているヨーロッパの宗教、キリスト教にどれほど私は近づくことが出来たろうか。血なまぐさい宗教闘争や烈しい弾圧に耐え、その血の中に彼らの祖先をもつ民族と、ロシア東方正教会という暗い過去をもつ修道院の苦難などどれほど解り得たことだろう。それに比すべくもない東洋の仏教観がどこかに浸透したわれわれには到底歯もたたない堅固な城壁である。それにもかかわらずなぜこんなに魅かれてゆくのか。そこには人間の内奥の切なる願望が、リルケの詩の力によって国境を越えて一瞬の内に飛来してくるような世界である。苛酷な修練の末に得られる自己克服とでもいうべきあの平静な祈禱の「時」、神との出会いの瞬間を垣間見ることができた。修道僧でもない自分があの山ぎわの細い道を少しでも共に歩いてゆきたい。あっという間に俗事になぎ倒されて遠くへ流れてゆきそうな日々にも、どうか離れることなく、一本の藁すべにすがる思いでこの時禱集について行きたいと願う。

この第一部の終りにこんな詩句がある。

荒野であれ、荒野であれ、荒野であれ、
そうすれば　ほとんど夜と見分けがたい

あの老人がくるかもしれぬ。
そしてその巨大な盲目を
耳を澄まして待つわたしの家のなかへ持ち込むかもしれぬ。

わたしには見える、あの老人が坐って瞑想しているのが、
わたしを越えた遠い彼方へ思いを馳せることなしに。
かれにとっては、すべてが内部にあるのだ、

（第六六篇）

かつてリルケの『神さまの話』の中にある「正義のうた」を読んだ時、この章とつながっていることに全く気づかず、この年老いた盲目の歌手が靴屋のかたわらイコンを描いているペーテルの家をたずねてくるのを、まさかこの老人が神であるとは全く気づかなかった。勿論それは暗示ではあるだろうが、いつどんな時どんな姿で神はそっと近づいてくるのか人は全く気づかず、それに気づいてリルケのように歌うことのできる人こそ稀である。

「古い記録《クロニク》で、僧は年老いた盲目の歌い手《コプツァー》たちの話を読んだ、幾代も昔、ひろびろとしたウクライナに日が暮れるとき、粗末な家々を訪いゆく歌い手たちの話を。
しかし、僧は感ずる――いま、いたく老いたひとりの歌い手が、諸国をめぐり、訪れ

る人もなく、どこが敷居かわからぬほど荒れ果てた、孤独のしるしの刻まれたすべての戸口を訪れている。そしてそれらの戸口の向こうに住み、目覚めている人々から、かれのかずかずの歌を取り戻すのだ。歌は泉の底に沈むように、かれの盲目のなかへ沈んでゆく。なぜなら、歌がかれを捨てて、風とともに、光のなかへ出ていった日々は過ぎ去ったのだから。聞こえる響きは、みな回帰の響きだ。」

（第一部第六七篇後註）

こうして第一部は終る。落日の中に盲目の老人の歌が消えてゆくように、深い余韻をのこして、いよいよ第二部へすすむ。

キエフ地下聖堂の祈り――第二部　巡礼の書（一九〇一年）

この第二部へ入る前に私は何か書いておかねばならないことがあるような気がしてならない。ここまで歩いて来たことの確固としたものを記していないのではないかと。ここは巡礼の書なのだ。村上華岳の『画論』に「言葉を先に歌ってはならない。言葉を恐れなければならない」という文章がある。言葉が生れ、文字となってこの世に生れでる。そのとき言葉が先か、歌が先か、それらが一体となって溶け合い、誕生するのか。一方で言葉がバラバラになって一気に外気に触れて凝結し、思いがけない文章になってこの世に滞《とどま》ることもある。言葉とは怖ろしい。詩人はたった一行のためににじみ出る苦悩を背負ってここまで来たのだ。巡礼者は一歩々々ふみしめ歩いてゆく。私もその後から歩いてゆくのだ。

第一部の終章ちかくで、「荒野であれ、荒野であれ」とくりかえし歌った詩人がそこから巡礼の旅にでることは必然のことだった。さらに自己の内面の旅へ、日常にまといつくものを脱ぎ捨て、ほとんど裸形になって、吹きすさぶ風の中へ出て行こうとしている。たとえ神がどこかへ消えようと神のあとを追い求める。

いまおまえは　おまえの心の内部へ
平原へゆくように出てゆかねばならぬ。
大きな孤独がはじまり、
日々は日常の音を失い、
風が　おまえの感覚から
枯葉を払うように世界を奪い去ってゆく。

葉の落ちたその枝々の間から
空が見える、おまえの持つ空が。
いまこそおまえは大地となれ、夕べの歌となれ、
その空にふさわしい土地となれ。
いまこそおまえは謙虚であれ、成熟して
真に存在するものとなったひとつの物のように——

（第一篇）

すっかり葉の落ちた枝々の間から蒼い空がみえている。それこそ、私のいま見上げる空であ

る。何のさえぎるものもない。まっすぐあの空をみつめて旅立てばいい。何を今さら思いわずらう。引きとめるものは何もない。若い日々、天を覆うばかりに茂った緑濃い森にふみ迷い、次々におこる熱い想念をかいくぐるようにして受け止め、かえりみることなく夢中で歩き、走り、戸惑い、数十年の歳月が流れた。ふと気づいてみれば急勾配の坂道だった。思いがけぬ病が私を襲った。一挙にすべての事が停止して私は凍りつき、坂の下まで転落した。なぜどうやってはい上れたのか、少しずつ氷が溶けてゆき、回復までに三年かかった。やっと目をあげれば八十路に入っていた。もう少し生きて仕事をしなさいと言われているように、手の先まで温《むく》もりがよみがえり仕事にもどった。糸や裂たちが私を支えてくれた。何を躊躇することがあろう。最終の出発の時が来ていた。

春がようやく過ぎようとする頃、私は奈良に向った。かねてひとりで寺々をめぐりたいと思っていた。このたびはリルケと共に、時禱書、書簡集、ノートなどをたずさえ古いホテルに泊ることにした。この二月にも法隆寺を訪ねたが、このたびは桜も散り、ひっそりしている。氷雨が降っていた二月も印象深い旅だった。

百済観音

おめにかかりたくてふたたび参りました。あなたは丈高くすこし前こごみにほっそりと立っていらした。私は思わず「どこからおいでくださったのですか」と語りかけていました。待っていてくださったのですか、遠い異国からはるばる長い旅をしてここまでいらしたのではありませぬか。

おひとりでずっと立ちつくし、多くの人々の讃仰をうけていらっしゃるのですけれど、何故か孤独の、遠い異国の草原の風が今もそのあたりをとりまいているような気がします。シルクロードの果てからいらしたのではありませぬか。法隆寺の古い記録によってもあなたはどこからいらしたのか由来はわからないそうですね。はじめは虚空蔵菩薩とお呼びしていたのが、後に宝冠がみつかって観音と呼ばれるようになられ、インドから百済を経て日本にたどりつかれたであろう推測のもとに百済観音とお呼びするようになったということです。いつの頃から法隆寺に来られたのか安置する御堂もさだまらず戦前は金堂内の橘夫人厨子の傍にいらしたとか、まだ女学生だった私がはじめておめにかかったのはきっと大宝蔵殿にいらした頃でしょうか。あまりに丈高く天井に御体がつきそうなお姿でした。私はその時どこか尊い国からお降《くだ》りになった天のお方と申し上げたく思いました。

このお方を生みなされた彼の国の方々を慕わしく思わずにはいられませんでした。なぜ天の国からと申し上げたのかというと、実はあなたにまことにお似ましの方をお見かけしたからなのです。十一世紀頃の仏画、国宝の「釈迦金棺出現図」の中にその方がいらしたのです。ずっと昔からこのお方にただならぬ思いをいだいておりました。摩耶夫人の左側に横をむいてその方は立っていらっしゃるのです。やや前こごみに白い細い手をさしのべておいでの御姿があなたにそっくりなのです。母君か姉上か、ご一族にちがいありません。釈迦の涅槃を伝えられ忉利天からいそぎ降ってこられた摩耶夫人とご一緒にこられたお方と思われます。

もうお一人は今も私の机上の額の中にいる方、何十年も前にシルクロード展でみかけた青い裂の中に立つ長身の青年なのです。白い百合の花がするすると延び、青年の肩をめぐり背にまつわっている、少しうつむきかげんにじっと百合をみつめている横顔、きっとあなたの分身か、どこか沙漠の王城に降られた王子なのではないでしょうか。もう襤褸《ぼろ》になって小さな裂端の中にあなたの分身をみるのを不思議とは思われません。

私の中に屹立する百済観音がいつも呼びかけてくださるからです。

救世観音

この日御開帳の救世観音を夢殿に拝しました。まっくらで何も見えない御堂の中をじっと二、三分、格子戸に顔をよせて見つめていると、ふしぎや、暗い御堂に光が射し、黒々とした杏形の瞳がじっとこちらを射抜くように見つめていられるのです。次第に金箔が光を放ち、救世観音がお立ちになっているのでした。謎に充ち、霊力を放つこの御方になかば畏怖の念をもっておりましたが、今日拝する御方はそれらの先入観をふきはらい、間近に、しかしただならぬ御力をもって迫って参りました。フェノロサの決断によって秘仏としての霊力を解かれ、その御姿をあらわしてくださいましたが、やはり異界の風を感じるのは何なのでしょうか。聖徳太子ご一族の悲運とかさなり、この方の存在によって具現される夢殿での瞑想が御裾のあたりより立ち昇るようでした。この底知れぬ現世の暗愚を、科を犯しつづける不覚醒のわれわれをじっとみつめる黒々とした杏形の瞳は何を語っていらっしゃるのでしょう。

「まだ謎は解かれぬ。智慧に目ざめぬ者よ。今、誰ひとり私の前にひざまずき祈るものはいないのだ。私がなぜ秘仏となり暗黒の中に在《い》たのか。私は秘仏などになってはいられなかったのだ。ようやく時期が来たのだ。一刻も早く私がみなの前に姿をあらわし、この深い御仏の叡智を語らせよ、時は迫っているのだ、大いなる転換の時が。」

夢殿の扉の前に私は立ち尽くした。暗黒の日々、その坩堝にあえぐものをお救いください。今もあなたの御像の前で明るくふざけ合っている若者をお導きください。彼らは無意識なのです。あなたが手をさしのべてくださっても気づかないのです。

厳しく尊い霊性の御方よ、衣の裾をひるがえし今にも天に昇ってゆかれそうなお姿。

どうか滞《とどま》って、暫《しば》し滞《とどま》って私たちを覚醒させてください。終末期の巷に群れる人々を。

今、法隆寺という仏国土に多くの若者はひきつけられて訪れています。わかっているのです。わずらわしい俗世からやっと逃れてたどりついたのです。あなたの瞳の端にしばし憩わせてください。悩みのかずかずを抱きとってください。きっと若者はよろこんでおそばに駆けよってゆくでしょう。

玉虫厨子

ふたたび、玉虫厨子の「捨身飼虎図」の前に来ました。玉虫が何千となくその羽を捧げるために集まってくれたのです。捨身とは？　玉虫はその姿に光を放つために集まってきたのだと私は信じるのです。前世の釈迦（薩埵王子）がその身を飢えた虎の親子にあたえたのです。愛する人のために、自己の信念のために身を捨てることはあり得るとしても、禽獣のためにという話はきいたことがありません。ここにはじめて人間の底知れぬ慈悲を具現されたのです。私は先年、敦煌莫高窟でこの原画ともいえる図をまのあたりにして全身衝撃をうけました。人間のみにくい汚れた面のみを見せつけられるこの世、それ故に人間はどこまで落ちるのかと自分に言わずにはいられない現実の中で、こんなことがあり得るのか、人間の尊さ、峻厳さを信じさせてくださる捨身の御姿は食い込むように魂を穿《うが》つのです。

半伽思惟像

最後に中宮寺の弥勒菩薩、半伽思惟像の前に参りました。麗しい幡の中に思惟され、上半身何もまとわれず黒々と艶のある均整のとれた、これほどの洗練の御姿を見たことがありません。ほのかに微笑をたたえ、まぶたの奥に慈悲の滴がこぼれそうな優しさ、これ以上の美の結晶は世界にも存在しないでしょう。霊妙な仏の働き、純粋な信仰のあかし、それなくして出現しないことはよく分るのです。しかし、このたびはじめて気づいたことは人間が人間を越えた仏の姿を創造するということです。一塊の樟の木、その物質が物質を凌駕して、霊性を宿す。そんな奇蹟を古代の人はなし得たのです。器として人間がその魂を差し出した時、そこへ宿るものが美です。むつかしくは言えませんが、この弥勒は人間が創ったのではありますが、神が創ったのです。人間は器です。その転換の秘儀をここに見るのです。それを察知し、共鳴の響きを聞くのです。静謐の奥深く瞳を閉じて瞑想する御姿に私は人間こそ永遠の謎であると思わずにはいられませんでした。

奈良より帰りふたたびリルケにもどった。
斑鳩の諸仏を拝し、寺々をめぐりながらずっと時禱集を思いつづけた。リルケと共に奈良の道を歩み、法隆寺の塔にたたずむリルケを思った。すべて無縁ではなく流れてゆく水のように旅の思いは巡礼者につづくものだった。旅は厳しさを増していった。

神よ、だからわたしにはあなたが必要なのです、ちょうどパンのように。
もしかすると　あなたは知りたまわぬのかもしれません、
眠らずにいる者たちにとって　めぐりくる夜がどんなものか——
夜々　かれらはみな正常でありません、
老人も　処女《おとめ》も　子供も。
暗黒の物たちにちかぢかととり囲まれて、
とつじょかれらは　まるで死の宣告をうけたように飛び起きるのです。

…………（中略）…………

そしてどの夜もが、神よ、こうなのです。
いつも何人《なんにん》か目覚める者がいて
行けども行けどもあなたを見いだすことができません。
あなたは　かれらが盲人の足どりで
闇を踏んでゆくのをお聞きでしょうか？
螺旋をえがいて下ってゆく階段で
祈っているのをお聞きでしょうか？
かれらが黒々とした石のうえに倒れ伏すのをお聞きでしょうか？
お聞きにならなくてはいけません、かれらが泣いているのを。かれらは泣いているので
　すから。

（第三篇）

嵐は次第に烈しくなり、どんなにあなたに手を差し伸ばしても届かない。かつてあなたを視つめた両眼をもういちどとり戻せたらと切なく願いながら、盲目の僧は僧衣をまとってあなたの前にひざまずくのです。見捨てられた孤児のように不安になり、心は苦痛にくじけそうになる。行けども行けども神を見出せず、無限の距離にへだてられ、遂に求めるものを見出せず死んでゆく人間の絶望、哀しみ、延々とつづく詩行の中に、何か望みは見出せないのか、答はな

いのかと私は読みつづける。答などあるはずはない、答などないのがわれわれ人間なのだ、と筆が止まる。
その時、次の詩があらわれる。

わたしは父だ。しかし息子は父以上のものだ。
父がそれであったもののすべてであり、父のなりえなかったものが　かれのなかで大きくなる。
かれは未来、そして回帰だ、
かれは母胎、かれは海……

（第四篇）

突然父といわれても神が父なのか、わたしが父なのか、息子とは誰、息子が神なのか、戸惑うばかりだ。もし父がわたしという人間ならば、父以上のものとは神にほかならない。父のなり得なかったもの、それを未来へつなぐ息子、息子への無償の愛が自分の果し得なかったものを受け継ぐものとして神への思いにつながるのではないか。苦しいまでに考えてようやくそうとしか思えず、回帰、母胎という無辺の世界へむかってゆく。しかしまだこの詩と自分との間に隔りがある。

あなたは承け継ぐかた。
息子らは承け継ぐ者たちです、
なぜなら　父たちは死んでしまうから。
息子らは残って　開花するのです。
　あなたは承け継ぐかたです。
（第九篇）

もういちどこの声に深く耳をかたむけ、絶望の淵に沈んでゆく僧（わたし）に聴《き》かせたい、回帰するのだ、われわれは海にゆくのだと。

あなたが無常のものとして造った自然を
い、い、い、い、
不滅のものとしてあなたに返さんがためにほかなりません。
（第一〇篇）

それがわたしの生きた本当の意味だと、それ故リルケはあなたのために閉じこもって生涯詩を書き、少しでも不滅のものへ近づくために、次の歌をうたうのである。

わたしの眼を消してごらんなさい――わたしはあなたを見ることができます、
わたしの耳を塞いでごらんなさい――わたしはあなたの声を聞くことができます、

また足がなくとも　わたしはあなたのもとへ行くことができます、
また口がなくとも　それでもわたしはあなたに懇願できます。
この腕を折ってごらんなさい、わたしは手でするように
この心臓で　あなたを抱きしめます、
心臓をとめてごらんなさい、そうすればわたしの脳が脈打つでしょう、
そしてそのわたしの脳をあなたが焼いてしまったら、
わたしは　このわたしの血に浮かべてあなたを運ぶでしょう。
（第七篇）

これは極限の愛の供犠をあらわしているのか、思わず眼を閉じ、息をのむ思いだ。この詩は一八九七年にルー・アンドレアス＝ザロメに送った絶唱である。しかしなぜかここへ入っている。この第二部に入る頃、リルケはルー・ザロメと共に二回目のロシア旅行をこころみている。

トロイツェ・ラーヴラも　そしてキエフの庭々の下に
暗くいりくんだ坑道が
もつれあっている修道院も——
思い出のように鐘の鳴るモスクワも——
またすべての音色があなたのものとなりましょう、提琴も　ホルンも笛も、

そして深く深く鳴り響いた歌のひとつひとつが
宝石のように　あなたのもとで輝くでしょう。

（第一〇篇）

リルケは第一回のロシア旅行の際の復活祭の夜のことをルー・ザロメに書き送っている。

「私はただ一度だけ復活祭を体験しました。それは、かつて、モスクワの全民衆が群がり押しかけてきた、あの長い、並外れた、類稀な、興奮の夜のことでした。そしてそのとき、「イワン雷帝の鐘」が、私の心を打ち、次つぎ絶えまなく鳴り響いたのです。それが私の復活祭でした。私は、生きているかぎりその復活祭で十分だと信じています。あのモスクワの夜に、お告げが、ことのほか大きなものとして私に与えられ、私の血のなかへ、心臓のなかへ、与えられたのです。

キリストはよみがえり給えり。

この言葉がいまではよくわかります。」（一九〇四年、矢内原伊作訳、人文書院『リルケ書簡集Ⅰ』書簡番号九四、以下書簡番号は同書による）

ロシアにはラーヴラといわれる大きな男子修道院が四つあり、ロシア正教会の総本山はモスクワ近郊にあるトロイツェ・セルギー・ラーヴラである。リルケは二どめのロシア旅行の時、キエフに二週間滞在し、ペチェルスキー大修道院の地下洞窟を訪れ、深い感動をうけている。この洞窟の粗末な僧坊に篭って神の栄光をたたえながら生涯を暗闇で送った隠者たちのことを伝えている。

あなたはあの聖者らのことをご存じでしょうか、主よ？

かれらは　閉ざされた修道院の僧坊さえも
人々の絶え間ない笑い声や叫び声に近すぎると感じて、
それで　大地のなか深く穴をうがって入ったのです。

ひとりひとりみな　各自の光とともに
各自の穴のなかのわずかな空気を吐きつくし、
自分の年齢《とし》も　自分の顔も忘れて
窓のない家のように生きました、
そしてとうに死んでいるかのように　もはや死ぬことはありませんでした。

かれらは書物を読むことも稀でした、書物はみな干からびて
どれもこれも寒気がしみとおっているようでした、
そしてかれらの骨に僧衣がぶらさがっているように

ひとつひとつの言葉から　その意味がぶらさがっていました。
まっくらな廊下で誰かの気配を感じても
もはやたがいに声をかけあうことなく、
長くのびた髪を垂れるにまかせ、
隣房の者が立ったまま死んでいるのかどうか
誰ひとり知る者がありません。

　　ひとつの円形の部屋があって
銀のランプに香油が燃えている、
時折　その部屋に同行《どうぎょう》が集まりました、
金色の庭の前に立つように　金色の扉を前にして、
そして疑いにみちた心で夢のなかを視つめ、
ひそかに長い鬚を騒めかせるのでした。

夜と昼とがもはや区別されなくなって以来
かれらの生は大きく　千年にも匹敵しました。
かれらは　波に打ち寄せられたように
かれらの母の胎内に帰ったのです。

かれらは　大きい頭と小さな手をもつ
さながら胎児のように　丸く身を屈めて坐っていました、
そして食べることもせず、まっくらに
かれらをつつむ　あの大地に養われているかのようでした。

いまでは　町や草原から修道院をさしてくる
たくさんの巡礼たちにかれらを見せています。
かれらは三百年も前から横たわっていて、
しかもかれらの肉体は崩れることがありません。
闇が　煤を吐く灯のように
かれらの長い横たわる姿のうえに積み重なり、
掛けた布の下で　かれらの姿がひそかに保たれています——
そしてしっかりと組み合わされたかれらの両手は
まるで山岳のように　胸のうえに載っています。
おんみ崇高なるものの偉大なる　古《いにしえ》からの君主よ、
かれらが地中深く身をひそめてしまったために

あなたは忘れてしまわれたのでしょうか、これら地中にもぐった者たちに
死を贈ることを、かれらを完全に使い果たす死を？
死者に比せられるかれらは
もっとも不滅に似ているのでしょうか？
それは　時間の死を超えて生きつづけるという
あなたの死者たちの偉大な生なのでしょうか？

かれらは　やはりあなたの計画に適しているのでしょうか？
どんな尺度にも合わぬあなたが
いつか自らの血で満たしたいと望んでおられる
不滅の器を　あなたは手にすることになるのでしょうか？

（第二一篇）

この長い詩をここに書き写さずにはいられなかった。このキエフ地下僧院はリルケにとってロシア旅行の中、最も魂に深く食い込み、「キエフなくして時禱集はあり得ない」といわれているほどである。私もここへ来てはじめて現代では考えられもしない異様ともいえるこの修道僧たちの死を目のあたりにしてつよく胸を打たれ、日本の即身成仏を思った。世俗をはなれみずから穴を掘るようにして自らを土の中に沈め、自分の顔も名前すら忘れ、生きているのか死

んでいるのか、立ったまま死んでいる隣の僧さえ気づかず、胎児のように身をこごめて、食べることもせず大地に養われ、その肉体は崩れることなく、時間の死を越えて生きつづけると——かの空海のごとくいまも生きつづけるのか。朝夕の食膳、年にいちどの衣替えに、かつて高野山でその修行にあたる僧の姿を垣間見た。日本の仏教にもどこか通じるところがあるのだろうか。

私は十年程前、京の北西の山に小さな家を建て一人で暮したことがあった。その或日、私はアルヴォ・ペルトの音楽を聴いていた。あの山の中できくペルト以上にふさわしい音楽はないと思っていくつかのCDを聴いていた。偶然、「タブラ・ラサ」という曲を聴きながら解説書を読んでいるうち、その中にリルケの時禱書のこの部分が書かれているのにおどろき感動にふるえるようだった。

時禱書とアルヴォ・ペルト、まさにこれほどの深い結びつきがあろうか。私はかねがねアルヴォ・ペルトの風貌にロシア修道僧の俤を感じ、さらにドストイエフスキイの風貌にも似ているような気がしていた。まさかここでリルケと結びつこうとは！　アルヴォ・ペルトは語っている。「かつてロシアのある地方でひとりの僧と語り合うことがあった。その時私は彼にたずねた。作曲家としてどうすれば自分を磨くことができるだろうか、と。するとその僧は、私はその方法を知りません、と答えた。そして芸術家は何か新しいものを創造しようとしたり、創造する必要はないという時が来るかもしれない。祈りの言葉も、新しい音楽もすべてととのえられ、あなたはこれ以上何もふやすことはない」と。ペルトはその言葉から自分の音楽を越えた何か非常に啓示的なものを感じ、そこに謙虚さの秘密を感じたという。

ギリシアのアトス島に住む修道僧は、何故あれほどの苛酷な修行をみずからに課し、まるで罪人のごとくこの世からの断絶を求め欲望を絶つのか、それは宗教の窮極の姿なのか、深い疑問と共に印象は忘れがたい。

一遍上人が捨てるものをすべて捨て、寺もなく、晩年遊行の果てに死んでゆく、その捨聖《すてひじり》の姿とかさなり、心に深く修練されてゆく。あまりに過剰な物質の渦中にあって筆をすすめることが重く、自分への不信にかえってゆく。何ができるのか、何一つ捨てることのできない自分に書くことが許されるのか。私は何を求めてここまで来たのか。現実の重圧は受け止めるしかなく、一歩々々ここまで来たのだ。もう引き返すわけにはいかない。

アルヴォ・ペルトはバルト海に臨むエストニアの生れである。その音楽は深い宗教性に充ち、「甘くはなくて、苦みのある、明るくはなりきれなくて、うつむきがちな、走る前にまずためらいが先にたってしまう」(黒田恭一)、まさにこの表現にぴったりの風貌、ひとめみたときにドストイエフスキイを思い、ロシアの修道僧を思った。しんしんと冴《い》てつく哀しみが、雪まじりに降る。あのロシアの風土が眼に浮ぶ。浸みとおる絃の音があの僧院の廻廊の影からしのびよるように奏でられる。しかもそれがギドン・クレーメルのヴァイオリンであったとは！　相寄る魂というのか、さらにピアノはキース・ジャレットであると知った時、驚嘆した。そして東方教会の伝説的な人物ロマノスが神々のメロディをうたいはじめると、その声は朗々として天に響くようであり、その詩は、銀の鈴をふるわすように流露し、薄暗い壮大な神の館の中に消えていったという。ペルトはそのような音楽からインスピレーションをうけ、ラテン語の「鈴」（ティンティナブリ）からヒントを得てティンティナブリ様式というのを編み出したという。アルヴォ・ペルトは自分の人生、仕事、音楽のために何かを求めて旅に出てゆく中で、最も大切な一つのことを得るために煩雑な、外的な、無意味なものをすべてはぎ落し、沈黙と一つになること、それはたった一つの響きを美しく奏でる、ごくわずかの音素材、一つの声部から三つの声部をもって作曲する、それは最も鈴の音に近い「ティンティナブリ」なのであるという。かつて私はあの山の中でペルトの「ヨハネ受難曲」を聴いていた時、山の斜面から一葉の木の葉が舞い降りて、ゆっくり樹々の間を見えかくれしつつ渓流に流れていったのを今鮮やかに思い出す。その時何か自分の意志のようなものが意を決して降ってくるような気がした。ペルトの調べと一緒に、その時はまだこの時禱集と私がこんなに結びつくとは夢にも思わずに音楽に没入していたのだ。

なぜリルケの時禱書とアルヴォ・ペルトの音楽が結びついているのかを考えずにはいられない。リルケがロシアを旅し、東方正教会の精神につよく心を動かされ、その修道士たちが名もなく、自分の年齢も顔さえ忘れてその生涯を神に殉じてゆくのを、時禱集の中に彼らの詩碑として書かずにはいられなかったのだと思う。ペルトもまた最終に求めた宗教の至純性を曲として彼らに捧げずにはいられなかったのではないか。リルケはヨーロッパのさまざまのキリスト教、ローマ教会などを訪ね、その宗教に触れながら、それに対しこの修道士たちの世俗をはなれ、教理などこねまわすことなく、神を讃え、神に仕え、人々の改宗さえ思わず、ただ自分の身をさし出して死んでいった姿をみて深い共感をおぼえ、この時禱集が生れたのではないか。なぜこのような詩が生れ、音楽が生れるのか、人間の希求する唯一つ、魂の奥処を求めつつみずからも旅し、ようやく巡礼の書にたどりついたのである。

しかしリルケを理解するのは容易ではない。この厖大な詩の何行を私は受け入れているだろう。翻訳ということもあって心の底まで響く詩は少ないのである。どこか空中に舞い、言葉だけが宙に浮いていることもある。

美しい花びらを追うように先をいそいではならない。言葉を先に歌ってはならない。

リルケだからといって全面的に受け入れ、安易な解釈をしていないだろうか。貪欲な物質文明に根こそぎ浸りながら、明日の破滅も知らずあまりにもかけはなれた洞窟の修道僧の暗黒の日々を思いやることなど本当に出来るのか。

キエフ滞在中にリルケは母に宛て次のように語っている。

「今日でも、聖者や奇蹟をおこなう修道僧や、また聖なる狂気から孤独の中に閉じこもった僧たちの生活した独居室を見る人々が、通路を（それは中背の男の背丈より高くなく、肩幅より広くありません）何時間も歩きまわっています。今日では、各独居室には、ひとつずつ蓋を開けた銀色の棺があって、かつてほとんど千年にもなる昔ここで生活した修道僧が、高価なダマスク織につつまれて、傷みもせずにその豪華な棺の中に横たわっています。シベリアからカフカスに至るあらゆる地方からやってきた巡礼たちが、ひきもきらず押し合うようにして暗闇の中を通り、みな聖者たちの着衣に被われた手に接吻してゆきます。ここは、国中で一番神聖な修道院なのです。わたしは、燃える蠟燭を手にして、この通路を全部歩いてみました。一度はひとりで、一度は祈りながらゆく人々にまじって。わたしは、それらのすべてから強い印象を受け、心を決めました、キエフを立ち去る前に、……もう一度世に稀なこの地下墓地《カタコンベ》を訪れようと。」（第二一篇後註）

長いいくつもの僧舎のなかに　修道女たちが住んでいる、
黒衣の尼僧が七百十人。
時折　泉のほとりへひとりが行く、
ひとりは繭のなかの蚕のようにじっと佇《たたず》み、
またひとりは　夕日のなかを歩むように
沈黙する並木道をほっそりと行く。

だが　たいていの尼僧らは姿を見せぬ。
彼女らは僧房の沈黙のなかにとどまっている、
提琴の病める胸のなかの
誰も弾けぬ旋律のように……
（第二三篇）

終日アルヴォ・ペルトの音楽を聴いている。どこからか地の底から湧いてくるようなかすかな声、きれぎれにとぎれまったく聞こえなくなる、と思うと霧のようにたゆたいながら地を這うように流れてくる。その奥の方から力をふくんだ声が、雲が湧くように聞こえてくる。男女混声の和音の響き、やわらかく透きとおり、雲の間から光が射し込むようだ。くりかえし、くりかえし経文のように高く、低くとどまることなくつづく。この上もない静謐、平穏——と、突然天に向って矢が放たれたか、鋭い、切り裂くような高音の合唱、高く高くのぼってゆく、すべてを切り捨てて高みへと、ひたすら祈り——それ以外はない世界へとわれわれを導いてゆく。

その世界は過去なのだ、なぜならあなたこそが現在として在るのだから。（第二三篇）

難解な句だ。画僧は言う。「われわれは常に現在をもつ」と。その現在とは日常の時間軸上に過去や未来と並べられる現在ではない。僧が毎日定時に祈禱をおこなうときの「祈りの時」であり、神との出会いの時である。リルケは後年、時禱書において、祈りとは「神との最も直接的な関係」を「瞬間から戦いとろうとする試み」だと言っている。その瞬間とは過去から現在へ、そして未来へ向う日常の時間意識をいわば垂直に断ち切って内部へと向う構造をもっている。巡礼がなぜ旅に出るのか。神との出会いに到りつくために日常の時間を脱し、内部へと向う祈りの時を求めてゆくのではないか。物という崩壊の時間をぎっしりつめこんだ現実の中で、僧のいう「時」を持つということの矛盾、このノートを書きはじめて一ヶ月、目をあげればすべては白々《しらじら》しく、岸辺を離れた小舟のように乱れ戸惑うばかりである。今もそうだ。身辺におしよせる必然性のない外界との接触、断るべきだ、今はそれどころではない！と断言すべきだと自分をしかりつけても、いやそうではない、この些細な、つまらないと思われる日常茶飯事の一つ一つ、多くの人との触れ合いは絶対手抜きしてはならないことなのだ、決してどうでもいいとあなどってはならないのだ。日常のほんの小さな出来事に重大なことがひそんでいる——と全く正反対なことを唱える自分がいる。これこそ自分の務めなのだと山にこもり、誰にも会わずひたすら書きたいと思うことこそ自己満足だと。私がこの現実の責務を背負い、疲れて倒れても、それは私の当然の運命である。その上に寸暇を惜しんで時禱集に向う。そこで倒れても当然である。それならば私は私の内部に小さな僧房を持とう。家人は何だって織物もしないで部屋で何しているんだろう、まああの年齢《とし》だ、何もしないでも仕方がないとでも思っているだろう。しかし私はかつてないほど充実した気持だ。さっと自分の部屋に身をかくすと机に向い、頁を開く。僧院へ通じる道が待っている。全く別世界だ。一切の雑事が消え、遠くから老いた修道士が近づいてくる。鐘の音が響く。

彼岸を待ち望むことなく　来世を視つめることなく、
ただ熱い願いだけがある、死も潰《けが》すまい
仕えながら　この地上のものに習熟し、
その両手にとってもはや新しいものでないというまでになりたい、という願いだけが。

（第二五篇）

この短い数行にはっと胸をつかれる。

彼岸を待ち望むことなく、仕えながらこの地上のものに習熟し——このことである。現世にあって修行し、多くのものに仕え、親しみ、この此岸でのみ成就するものがあると——一八九九年、イタリア旅行の折、ルー・ザロメ宛ての『フィレンツェだより』にリルケは記している。

「彼岸に目を向けることなく、すべてを、神に関することも、死も、すべてこの地上のこととして考え、すべてをこの地上の生のうちに見ること。」

「すべてのものを、神秘的なものも、死も、すべて生のうちに見ること。」

「すべてのものを価値に上下のないものとしてこの生のうちに見るとき、そのとき、ひとつひとつのものがそれぞれ意味を持つようになる。」

翌年、ロシアを訪れた際、ロシアの民衆の素朴で敬虔な信仰に深く心を動かされる。

「ロシアの宗教はロシア正教である。しかしロシアの民衆の信仰と言うとき、これをロシア正教の一語で括ってしまうことはできない。ロシアの信仰の実態は極めて複雑であり、『ロシアにおける信仰とは、二重三重の信仰だったに違いない。正教という公の秩序である信仰があり、それと対立し、それから隠れ、あるいははみ出した信仰が生きていた』(中村健之介「ドストエフスキーの信仰」中略)。リルケがロシアにおいて見、感動したのは、『正教という公の秩序である信仰』ではなく、正教信仰からするならば多分に異端的な農民の信仰であった。その信仰の特色は、古くからの土着の大地信仰……(中略)……ドストエフスキーの言う『ナロードの信仰』であった。リルケは、この大地と深く結びついたロシア農民の信仰を目の当たりにして、すべてをこの地上の生のうちに見ようとするときに直ちに直面する問題、すなわち神あるいは信仰の問題を解決する手掛かりがここにある、と見たのである。そしてロシアから帰るとすぐ、その問題に正面から取り組んだ。その成果が、この『時禱書』として残されたのである」(第二部第二五篇後註)。

私がここまで読み進むことができたのは、この時禱書の後註、解説を書かれた監修者・訳者である塚越 敏氏、金子正昭氏に深く負うところが多く、感謝せずにはいられない。もしこの後註などの文章がなければ到底理解することはできなかったと思う。おそらく時禱書のごく表層しかわからなかったにちがいない。本当に知りたい、これは何を表示しているのか、私はなんどもなんども本文と後註、解説を読みかえし、関連する書籍を探し、ようやくここに姿をあらわしつつある時禱書なのである。どんなにか訳者の方々の努力のたまものである後註などに助けられたか、こんなに引用しては申し訳ないと思いつつ、重要な文章は写さずにはいられなかった。まだまだ半《なか》ばまでも達しない旅路ではあるが、いよいよ嶮しい道程にさしかかっていることを自覚する。どこからか手を差し伸べ、迷える老いた羊を導きここまでお連れくださったのではあるまいか。いよいよここに彼岸と此岸にかかる大いなる橋があらわれてきた。

リルケは時禱集執筆中からヨーロッパ各地を旅し、北欧まで足をのばしている。その頃、リルケは常に聖書とヤコブセンの書物を持ち歩き片時もはなさなかったという。ヤコブセンはデンマークの作家である。無神論の作家と呼ばれ、その代表作『ニイルス・リイネ〈死と愛〉』は、「無神論者の聖書」と呼ばれている。ヤコブセンとはどんな作家なのであろう。私はすぐ『ニイルス・リイネ』を読みたいと思った。そして古書からこの本を探しあてて読むことができた。リルケが無神論をとなえるヤコブセンになぜそれほど傾倒したか、それが知りたかった。ヤコブセンの無神論の主旨は、神の肯定、否定を越えて、彼岸に期待することなしに、この地上に於いて、生ある中にすべてを見るべきであるということである。それは前述の『フィレンツェだより』にも記されているとおり、リルケがなんどもくりかえし唱えていることと一である。その観点から言えば、従来のキリスト教批判にほかならないといえるかもしれない。
ヤコブセンの小説『ニイルス・リイネ』の中に、クリスマスの前夜、コペンハーゲンの街を歩きながら友人ヒェリルにリイネが語る場面がある。

「いつか人間は高らかに、『神はない』と歓呼できる日には、まるで魔法のように新しい天と地が浮び上りはしないだろうか。その時はじめて天はあの脅かしうたがう眼ではなく、自由な無限の空間になるでしょう。またあの永遠の祝福と呪詛との暗い世界がシャボン玉のようにはじけた時、大地ははじめてわれわれのものになり、またわれわれは大地のものになるでしょう。大地はわれわれの真の故郷になり、単に短時間の旅人としてではなくわれわれの時代の続くかぎり永劫にわれわれの住まう心のふるさとになるでしょう。そしてすべてのものがこの地上でわれわれにあたえられ、何物も天上のどこかにしまって置かれるのではないとしたらどれだけわれわれは生を充実できるでしょう。いま神の方にむかっている愛の力づよい流れは、もし天がからっぽだとなったら方向を大地の方にとって、その愛の中で人間の高貴な本質と能力を守り育て、そうすることでわれわれの神性をみごとに飾りたてて、それをわれわれの愛に値するものとなるでしょう。」（山室　静訳）

このリイネの言葉をはじめて読んだとき、あまりに大胆な発言に驚き、われわれのごとく東洋の仏教に触れているものではなくキリスト教の浸透したヨーロッパでこんな考えをもつ作家がいたとは信じられなかった。イエンス・ペーター・ヤコブセン（一八四七〜一八八五）はデンマークの詩人で小説家であると共に植物学者だという。九歳でその地方の全植物を調べ、自然科学につよい関心を抱き、二十歳の頃、信仰の危機をむかえる。内的な思索とたたかい、はげしい苦悩の果てについにキリスト教をはなれ無神論者になる。多年にわたる藻類の研究を沼や川で採集に費やし、無理な研究がたたって結核を患い三十八歳の短い生涯を終る。敬虔なクリスチャンであった婚約者が無神論者である自分との間にあって苦しむのを見るにしのびず別離するという悲劇にも出会っている。

ヤコブセンは批難抵抗の中をひたすら自己の思想と信念を貫き、人間の魂の至高なるものを求めた。それは決して彼岸にあって神格化されるものではなくあくまで自己の内なる此岸にこそあって、生を肯定し歓呼して生ある中に為すべきことを果すという、ヤコブセンの生涯に貫かれた信念ではなかったろうか。私は『死と愛』を読んでそれが彼の本当に求めた信念——愛ではなかったかと思う。

リルケもまた、『フィレンツェだより』に記されているように、「すべてのものを、神秘的なものも、死も、すべて生のうちに見ること」と言い、キリスト教批判をおこないながら聖書を手ばなすことがなかったという。旧約の世界には彼岸も此岸もなく、精神的、霊的、肉体的諸力のすべてを此岸に集中させるようにとユダヤの民は定められているという。旧約の人間観は、霊と肉は一体の存在であり、霊魂と肉体とを区別した言葉はなく彼岸は此岸に組み入れられたのだという。リルケに於いても時禱書にみられるように、僧は神を言わず神と人間とを仲介する救済者を求めず、すべて自己の在り方の問題として自己への否定をみずから受容して、その極限に於いて世界が一変するという希望を、絶望の彼方に見ようとする。その世界に共通するものが、フィレンツェだより、時禱書、そしてヤコブセンの思想に継《つ》ながっているのではないだろうか。私達は容易に彼岸に憧れ、救いを求めようとする。この汚濁にみちた世をのがれて何か別世界の清浄土に自分の後世を願う。それは誰にでもあり、拭い切れるものではないかも知れないが、今、ヤコブセンの無神論に出会い、リルケの時禱集を読むと、この両者が一筋の道になって現われてくるように思う。私の胸の中でうずくまり解決のできないものでありながら一言《ひとこと》決断をもって叫ぶならば、この問題こそが最奥の真理であり、人間への信頼、此岸への讃歌ではないかということがはっきりわかってくる。今まで胸のどこかで肯定したいと思っていたことが、勇気もなく、決意もせず、探究もせず、ただ胸の中にうずくまっていた大きな疑問、神の存在を、今こうしてみずから体をはこび、身を切り刻んで、批難の中を最愛の人とも別れ、病身でこの道にひとり踏み込んでいったヤコブセン、その嶮しい道を思えば、容易に首肯したり納得したりすることは許されない。ヤコブセンが命がけで道を開いたその無神論をより深く追究し、思考しなくてはならないと思う。そして思うことはいかに神を否定しようと抹殺しようと、ヤコブセンがその思想を深め信念を強固にすればするほど、人間の魂の至高なるものこそ神であると、彼はみずからの魂を越えるものを神であると確信していたにちがいないと思うのである。

「いま神の方にむかっている愛の力づよい流れは、もし天がからっぽだとなったら方向を大地の方にとって、その愛の中で人間の高貴な本質と能力を守り育て、そうすることでわれわれの神性をみごとに飾りたてて、それをわれわれの愛に値するものとなるでしょう」という言葉こそ人間への讃歌ではないだろうか。これほどの偉大な方向転換、人間を人間が信頼する力づよい言葉を聞いたことがない。リルケを、ヤコブセンをもっと深く読み込み、理解し、彼らの大いなる委託に少しでも力を添えることができるようにと願う。心の奥の暗いところに彼らのランプの灯がさしこみ、私たちの内面の灯としてこの地上に灯《とも》ることを願わずにはいられない。

巡礼の書もいよいよ終りに近づいてきた。この章では、キエフの地下聖堂とアルヴォ・ペルトの音楽が結びつき、ヤコブセンの無神論に出会ったことが深く私を揺り動かした。こうして知らず知らず導かれ、第三部の「貧しさと死の書」という最終章に入ってゆく。その前に次の詩は何としても書き写しておきたい。

わが神よ、あなたの存在はいやましに増してゆく。立ち昇る煙のように屋根という屋根からあなたの国が立ち昇る。

（第三〇篇）

ある巡礼の朝。誰もが毒にやられたように
倒れ伏したその硬い寝床から
最初の鐘の音とともに
一群の痩せ細った人々が起きあがり　朝の祈りをささげる、
と、その人々を早朝の太陽が焼きつける。
…………（中略）…………
かれらは　泉に顔を傾けて飲み、
左手で着物をはだけ
胸にしかと水をつける、
その胸は　地上の苦悩について語る
冷たい泣いている顔のようだ。
…………（中略）…………
そして幾人も立ちどまって　一軒の家の方をじっと見ている、
それは病んだ巡礼たちの住まう家だ。
いましもそこから　ひとりの僧がもだえながら出てきたのだ、

髪は乱れ　僧衣は皺み
陰のある顔は病苦に青ざめ
悪霊につかれてあくまでも陰惨だった。

かれは　二つに折れてしまうほど　身を折りまげ
二つの断片となって大地に倒れ伏した、
大地はいまかれの口もとに　叫びのように
はりついて離れぬかと見え、大地そのものが
かれの両腕のしだいに大きく広がってゆく身振りかと思われた。
そしてかれの行き倒れの死は　ゆっくりとかれの側を通り過ぎていった。
…………（中略）…………
すると見よ、かれはきた。子供のそばへ行くようにやってきた、
そしてやさしく言った、わたしが誰かおまえにはわかっているか？
かれにはわかっていた。そして白髪のそのひとの
顎の下に　提琴を置くようにそっと身を横たえた。

（第三一篇）

これらの詩はどれ一つ見過ごすことのできない熾烈な真実がうがたれていて読むたびに暗い

なつかしい鐘が響くようだ。
リルケが最後まで目をはなせない巡礼の人々、その人々の上に振香《ふりこう》のように詩の言葉をふりそそぐ。それを受けとめることさえできず、苦しく傷ましい巡礼の死である。

あなたを愛し　あなたの気息をあびて
灯火のように揺らめきながら　闇のなかに
あなたの顔を見分ける者さえ――あなたを所有することはありません。（第三三篇）

と言いつつ、リルケは巡礼の人々になりかわって祈る。祈りつづける、すべての人間のもつ闇に向って。

深い夜々　わたしはあなたを掘る、おんみ宝よ。
なぜならわたしの見たどんなありあまる豊かさも　すべて
貧しさにほかならず、まだ現われぬ
あなたの美しさのあさましい代用にすぎないから。
…………（中略）…………
そして掘るうちに血の流れ出た

両手を　わたしは風のなかに開いてかざす、
すると 両手は樹のようにいくつもの枝に分かれる。
わたしはその枝で空間からあなたを吸う、
いつかあなたが　せきたつ身振りで
そこでこなごなに砕け散ったかのように、
そしていま　微塵となったひとつの世界として
遠い星々のあいだから　ふたたびこの大地へ
春の雨の降るように　やわらかく降り注いでいるかのように。

（第三四篇）

より貧しくあれ——第三部　貧しさと死の書（一九〇三年）

まずこの章に入る前に第二部の終りであまりに陰惨で深刻な巡礼者の死に出会い、その直撃をうけた自分がまともに迫ったこの問題を受け入れるだけの準備があるのかと問いたださねばならない。現代の日々を生きる中に、貧しさと死は切実な問題としてすぐ間近に存在するにもかかわらず、何か薄い膜につつまれていて、観念の領域でしかとらえることができないのではないかという予感。自分は貧しさについて本当にわかっているのか。貧しさは魂まで崩壊するとドストイエフスキイは言っている。諸悪の根源とさえ思われるが、しかしそんなに単純に割り切れるものではない。同じように富も諸悪の根源になり得る。どちらも人間の本質をえぐり出す魔物である。

たまたま手もとにおいていたリルケの『神さまの話』の中に「神さまは　いかなる思し召しで　この世に貧しいひとびとをお造りになったか」という話がある。

ある時、神様はありのままの人間の姿をみたいと思ってある都会の高層アパートに目をとめられると、二階に住む人はとても裕福で立派な衣裳をまとっているが、その中身に肉体が入っているとは思えない。三階に住む人もまた似たりよったりで衣裳に着られている風であった。四階に住む人々はあきらかに貧しくてひどくむさくるしく神様は思わず御慈悲を垂れようと思った程である。屋根裏にひとり住む男はもっと貧しくてほとんど裸同然、ぼろをまといながら熱心に粘土をこねまわして何かを作っていた。ながい間注文もなく飢えかかっていた時、思いがけず市から公園に「真実」という像をつくってくれという注文があった。男は寝食も忘れて制作に没頭し、やっと出来上った「真実」という立像は公園に備えつけられた。ところがそれをみた市長や委員は大反対して像にある局部をとりのぞくようにと命じた。男はわめき、罵り、絶対に出来ないと主張したが、その揚句、男は罪をうけて追放になった。神様は何となく面白くなくて、ある時釣竿を垂れて何かひっかからないかと思っていると小さな小さなボロ屋がひっかかり、その中に幾人もの男女や子供が服らしいものも着ずわいわい遊んでいるのをみて、神様は「なるほどあれでいいのだ。人間は貧乏でなくちゃならぬ。わしはあいつらに着るシャツもないくらい貧乏にしてやろう」と決心したというのである。

しかし人間は神の意志に叛《そむ》き、貧乏を厭いつづけ、富者はその特権を利用して人類愛をふりまわし、貧者を餌にしてますます世間の称讃をうけ、世にはびこってゆく。では貧しさの正体は何か、魂まで崩れ、裏切り、死に追いやられる怖ろしいものである。富者は救われようのない勘違いをして途方もなく傲慢になり、他者をも自分をも泥沼に落しこむ。しかし貧者は勘違いすることすらできず、傲慢になりようもなく静かに自滅するだけである。
とすれば、神はなぜ貧者をつくったのか。「人間は貧しくなくちゃいけない」と言わせたのか。この大きな疑問の塊をかかえつつ、リルケはこの時期パリに居を移し、『マルテの手記』の構想を練ることになる。
大都会パリは破壊と解体の巷であり、人間の不毛の実体に触れ、神の問題はおそろしく遠ざかり、無一物のデンマークから出て来た青年、「マルテ・ラウリッツ」ははじめて貧と向いあうことになる。

わたしはまだ苦しみのなかでその理《ことわり》を知る者になりえていない――
だからこの巨大な闇がわたしを卑小にしてしまう。
だが　もしこの闇があなたなら、あなたは重くなり、押し入ってきてください、
あなたの意志がすべてわたしにおこなわれ、
わたしが神龕《ずし》となって　そのすべてでもってあなたのもとに現われるように。
（第一篇）

リルケはまだ苦しみの中でその理を知らないけれどあなたが本当に闇ならあなたの意志が私の中にあらわれますようにと祈る。今から数年前、ある方からクリスマス茶会のために御軸を

織って下さいと依頼されたことがあった。御茶について何の知識もないものが御軸は茶会における最も重要な役割で質の高いものが選ばれると聞き、とてもそんなものは織れないとお断りしたのだが、その方の熱意と私の中のある衝動が相まって作ることになった。暗中模索ではじめは濃紺の闇の中に何か宇宙に浮ぶ想念の影のようなものが偶然に出来た。それだけでは物足りなく、もう一つ藍地の中に十字のグラデーションを織り出してみた。そしてどちらかお選びくださいと言うと、その方は最初のは旧約です、次のは新約ですと言われて両方を求めてくださった。その時なぜかリルケのこの詩が浮んできて、箱書に「もしこの闇があなたなら——」の詩をかいた。深く理解しているわけではなかったのに。

後日その茶会の時、同席したドイツ文学者の方が、「リルケの神は闇なのですか、なぜ？」と問われて私は何も答えることができなかった。数年を経てふたたびこの闇に出会い、私を導いてここまで来られたのは、そのとき問われたこの闇を本当に知りたいためであったと思うのだった。「わたしがそこから出て来た闇よ」「闇はそれ自身に一切を容れている」という。「兄（カイン）がぼく（アベル）に光を科した」という時、もう二どと闇にもどることのできない人類の最初に犯した罪が闇と光を切りはなしたのである。人間はもう闇にもどれず光の中でしか生きてゆけない。死が訪れるまで光の中でのたうちまわり、苦しみ、多くの罪をかさねて生きるしかない。

そこには死がある。子供の頃
死のおくる挨拶が不思議な感触でかれらに触れた　あの死ではない――
そこで知るのは小さな死だ、
かれら自身の死は　青いまま甘味もなく
かれらの内部に　未熟な果実のようにぶらさがっている。
（第五篇）

ああ　主よ、ひとりひとりに自分自身の死を与えたまえ。
かれの愛と意味と苦悩とがそこにあった　ひとりひとりの
あの生から出てゆく死去を。
（第六篇）

なぜならば　われわれは樹皮にすぎず、葉にすぎぬ。
ひとりひとりが内部《うち》に持つ大きな死こそ
それこそが果実、すべてはその果実をめぐって回転するのだ。
（第七編）

先頃亡くなった多田富雄さんは、「生きることはその内部に死を育てることだ」といわれ、「歩くことをやめると死が待っている」と語っている。声を失い、半身不随になり左手一指でパソコンを打って詩をかき、新作能を創り、人間の能力、精神の与うかぎりの精進を最後まで絶やさなかった。言語に絶する苦痛に耐え、身を以て指し示された姿を偉大な死といわずにはいられない。いま私も身の内に死をかこい養いつつ切実に死を思う。日々肉体のそこここが崩壊してゆきつつあることを感じている。毎朝の散歩に人はお元気ですねと言ってくれるけれど、踏みしめる大地が宙に浮き、どことも知れぬ彼方へなびいてゆきそうなはかなさ、たよりなさを感じ、生の重み、尊さを日に日につよく感じている。

それとうらはらにどこか一種名状しがたい生の確信とでもいうのか、今ここに在って、この手に何かを託されている、この胸に一葉の詞《ことば》を刻まずにはいられない。このノートを書きはじめてほぼ一ヶ月あまり、この稀なる時間を何にたとえようか。朝の目覚めに時禱集を読み、今まで全く気づかなかった一行に触れ、それが琴線のように全身に響いてくる。呼びかけてくるこの言葉、修道僧の祈りの内にひそむ創造の秘密のようなものが伝わってくる。こんなことがかつてあっただろうか。若い日には決してなかった。言葉のもつ意味よりも、形容される事物よりも、何かもっと別の、胸のとばりが開かれて、さあ、そっとのぞいてごらんと指し示されているようだ。そこには私の想像をこえた本当の意味、理念とでもいうものがもの静かな衣をまとって私を迎えてくれる。言葉の扉の前に立ちつくし一歩も中へ入れないでいる私にそっと手をさしのべてくれる。そして一歩々々祈禱の森を歩いてゆく。

修道僧が朝靄の中で祈るように、夕暮の空を仰ぐようにいつもつき添ってくれた。

リルケは何という人だろう。

リルケこそこの修道僧である。

ある時はこの人と共に胸がいたみ、死が傍を通りすぎるのさえ知らずに二つ折れになって大地に倒れている巡礼僧の昇天を、粉々に砕け散った魂を見送り、地にひざまずいて祈る。春雨のようにやわらかく滴り、アルヴォ・ペルトの音楽のように厳かさに包まれて死者をおくるのである。

わたしが成熟するにつれて
あなたの国が
熟するのです。

（第二部第一五編）

この本を読みはじめた頃、神は本当に闇なのかわからなかった。ヨハネ福音書の冒頭に、言は神と共に在り、命であった、命は人間を照らす光であり、光は暗闇の中で輝く、そして暗闇は光を理解しなかった、と。何という理解に苦しむ言で結ばれていることだろう。それならば闇である神は光である人間（命）を理解しなかったということになる。アダムとイヴがエデンの園から追われたのは、禁断の林檎を食べたからではなく、林檎を吾が物とした時、追放されたのだという。もし吾が物と思わず食べていたら逐われることはなかったのだと。罪ということは自他が分れる時、二つに分れるが故に罪が生じると。兄（カイン）が弟（アベル）を殺した、兄がぼくに光を科した、二つのものは一つにもどらない。罪は罪を生む。人類が最初に犯した罪、今われわれはその地上にあって測り知れない業の集積の上に何食わぬ顔をして文化の繁栄の中に暮している。もうどこをさがしても汚れていない土地などどこにもない、累々とした死体の上にわれわれは立っている。いずれすぐそこまで破滅がやって来る。現実を直視すればわれわれは限られた範囲で日々出来るかぎりのことをするしかない。

第二部の終りに語られる巡礼僧の最後、僧衣さえ破れ、全く裸形のまま大地に倒れ伏した時、老人になった神が子供のそばにより添うようにやってくる。わたしがわかるかと。僧はわかっていた。その白髪の頭をその人の胸の中に、まるで提琴を捧げるようにして吾が身をあずけて死んでいった。この詩の中にすべてのものから離脱した「貧」と、すべての時間から離脱した「死」が描かれていた。いまだ吾が身の上に切実な貧と死を体験したことのないものが、言葉の上だけで語ることは空疎であると充分に承知しているけれど、ここまでたどってきて、私にもかすかな変化が感じられる。リルケは決して貧しい者に富を願うのではなく、聾者に口がきけることを願うのではない。彼らの貧しさが価値を喪失した貧しさではなく、ほんとうの自分のありのままの貧しさであり、その貧しくあることを受け入れていること、「貧しい者たちをあらためて今度こそ貧しくなし給え」（第一五篇）という。それは貧しさからもう一つの貧しさに転じること、貧しさの価値の転換がなされることを願っているのである。もし本当にそれがなされるならば貧しさこそ日常の時間と生活の中でどんなに濃密な輝きをもたらすことになるだろうと。

「所有と時間の域を脱し、その偉大な貧しさに達した」ということがようやく少しずつわかってきた。勿論生易しい問題ではない。しかし、そこにしか灯はともらない、そこにこそ灯はあかあかと灯るのだ、と思う。

二十七歳という若さでリルケはこの時禱書に取り組み、八十の老坂にあって散々体験してきた人生の苦汁を何程も分からず飲みこんで来てしまった私は今ここまで来て、それをはるかに超えた高みにあって決しておごらず、言葉に嘘はなく、貧に身を投じようとしている詩人に対してほとんど絶句してしまいそうである。ふたたび読みかえすと何と大事なことを素通りしてきてしまったことか、もういちどはじめから読み直すべきだ、これで終りではない、わかったことなど一つもないのだ、むしろ読めば読むほどその思いは深まってゆく。

主よ、われわれはあわれな動物たちよりももっとあわれです、
動物たちは　たとえ盲目的にせよ　かれらの死をとげる、
しかしわれわれはみな　まだ死をもっていないからです。
……………（中略）…………
なぜなら　われわれの死がないということそのことが　死ぬことを
馴染みなく苦しいものにしているのだから。あるのは任意のひとつの死、

われわれが死を熟させぬから　それだからこそ最後にその死がわれわれを引き取ってゆくのです。

（第八篇）

動物にくらべ人間はまだ本当の死をもっていない。死を熟させないから死の方からわれわれを引き取ってくれるのだという。長い間私もずっと疑問に思っていた。なぜ犬や猫がそれぞれの死を見事に死んでゆくのか。苦しみを一言もいわず静かに死を受け入れる。それにくらべ人間の何という大層な騒ぎぶりであろう。死を拒絶し、最後まで死と闘っている。それが当然のこととしてわれわれは受け入れている。勿論死を従容として受け入れる人間も多くいる。しかし死は怖ろしく、忌み避けたいものである。われわれが永遠と姦淫し、死を受胎し、そして死を流産してしまう、という箇所が私にはなかなか解けなかった。どうしても死を流産してしまうとは思えない。しかし、われわれが本当に自分自身の死を持たぬかぎり死はひとりひとりの内部の核となって死という果実を実らせることはできない。死が誕生することはできないというのである。

死を死なずに熟させぬから最後に自分自身によらぬ死がわれわれを引き取って死者たちの世界へつれてゆくというのである。そしてもし人間が死を受容することができたなら、死の誕生こそは新しい生命の誕生につながるのである。それ故、死を産むものをよみがえらせ給え、と願うのである。なんども読みかえすうちにわれわれがいかに死に対して傲慢であり、生への執着に根づよいかが次第に分ってくる。そんなわれわれにリルケは決して呼びかけはしない。いかに弱者の、貧困の、打ちすてられた病者、敗者に深いまなざしをむけ、できる限りの手をさしのべようとしているか、胸に抱きしめるように死にゆくものに愛しみを注ごうとしているか、読んでいるうちに何時の間にかふるえるような哀しみと絶望がひろがってゆき、この世界に渾身の想いをこめて希求していることがいたいほどわかってくる。

あなたは貧者だ、あなたは無産者、
あなたは居場所のない石だ、
ガラガラを鳴らしながら町はずれをうろついている
捨てられた癩病人だ。

中世ヨーロッパの都市では、癩患者は市外の癩患者専用の収容所へ追放され、出歩くときは、一目でわかる服装をし、ひとが近づいたら、ガラガラを鳴らすか、笛を吹くかなどして、その存在を知らせねばならなかった。（訳註）

…………（中略）…………

あなたは哀れだ、……
そしてあなたは哀しい、……
永久に世界を失った　独房の

囚人たちが胸に抱く願いのように。
…………（中略）…………
そのあなたに比べたら　凍えている鳥たちが何だろう、
一日食物にありつけなかった犬が何だろう、
そのあなたに比べたら　捕えられたまま忘れられた獣たちのなすすべを知らぬ自失と
静寂につつまれた　いつ終わるとも知れぬ悲惨が何だろう、、、？
…………（中略）…………
だが　あなたは最低の無産者だ、
顔を隠して物乞いする乞食だ。
（第一八篇）

おんみ知る者よ、貧しさから
過剰なまでの貧しさからその広大な知識を得ている者よ、
（第一九篇）

かれらをよくごらんください、そして見てください、何に似ているか。
かれらはたいへん静かです、ほとんど物たちに似ています。
（第二〇篇）

かれらを部屋へ招じ入れると
まるで戻ってきた友だちのようです、

（第二一篇）

リルケは富者の頂点から貧者のどん底までを語りつづける。そして結論として、富者たちは決して富んではいないことを立証する。限りない豪奢な宮殿、庭園、祝宴、居並ぶ肖像画、胸を張り居丈高に怒声をあげる長者、君主、それらの位置は一瞬にして崩れ去る。

これが富者というものだった、かれらは力ずくでも
生を限りなく広大に　重く　暖かくあらしめようとしたのであった。
しかしそのような富者たちの時代は過ぎ去ったのだ、
そしてあなたにその時代を返せと求める者はいないだろう、
どうか貧しい者たちをあらためて今度こそ真に貧しくなしたまえ。

（第一五篇）

かれらは貧しくはないのです。ただ富んでいない者たちにすぎません、
かれらには意志もなく　世界もない。
最後の不安の烙印を押され
いたるところ葉をむしられて　醜く歪められている。

街々のあらゆる塵芥がかれらのもとへ押しよせる、
そしてあらゆる汚物がかれらにまといつく。
かれらは痘瘡病みのベッドのように忌み嫌われ
欠片《かけら》のように捨てられている、　骸骨のように
使い終ったカレンダーのように——

それでも、　万一あなたの地に危急のことがあるときは、
あなたの地は　かれらを念珠に連ね
護符のように身につけているがよい。

なぜなら　かれらは純粋な石よりももっと純粋だから、
生まれたばかりのまだ眼の見えぬ獣のようで
素朴にみち　限りなくあなたのものだから、
そして何も欲せず　ただひとつのことが必要なだけだから——

ほんとうの自分のままに貧しくあることが許されること。

（第一六篇）

なぜなら　貧しさは内部からの大いなる輝きだから……

（第一七編）

リルケは彼らのことを十数篇にわたり懇ろに、熱く、柔かい布でつつみこむように鋭い針で刺し込むように綴ってゆく。貧者を知り、痛みに貫かれ、憐みなどの言葉は消え、むしろわれわれが置き忘れられ、前方に彼らがふみくだいてゆく道が見えるまで目をはなさず、心を閉じず、貧しさは内部からの大きな輝きであるという確信に至るまで筆を止めない。彼らが眠るとき一枚の毛布を、飢えをしのぐ時一片のパンを、黎明には光を、ひたすら降りそそぐ雨のように、与えられるのである。それは何の痕跡もなく、ひとしなえに一人たりと逃すことなくとどまることなく万物に宿るのである。それを気づかされることこそ、貧しさの大いなる輝き、力ではあるまいか。今まで思ってもいなかった私の内部からも発芽するように力が湧いてくる。すべては今与えられているのだ。天から遷《かえ》されているのだ。富んでいてどうしてそれがわかるだろう。充足していてどうしてこんなに尊いことをわからせてもらえるだろう。

貧者の家は聖餐台のようだ。
そこでは永遠なものが食物に変わる、
…………（中略）…………
貧者の家は子供の手のようだ。

そして貧者の家は大地のようだ。
…………（中略）…………
しかも夕暮れになると　その貧しさが一切となる、
そしてあらゆる星々がそのなかから立ち昇る。

（第三〇篇）

死がいつ、どんな形でどんな状況で訪れるか、誰もしらない。しかし死を決して流産させてはならない。それはあらたな受胎、あらたな萌芽として、一粒の願いとして次なる世界に向けて飛び立つものでありたいと願う。現世の闇が深ければ深いほど渾身の願いをこめて祈りたい。

この第三部、貧しさと死の書の三十数篇の詩を読んでいると、リルケがいかに弱者の貧困にあえぐ姿、うち捨てられた病者、敗者に心を寄せ、共に苦しみ、出来るかぎりの手を差し伸べ、胸にいだき愛しみつづけてきたか、とくに最終の十数篇にわたって熱く貧者をあがめ、いつくしんでいる詩人があるだろうかと思わせる。決してあわれんでいるのではない。むしろわれわれが貧者でないために得ることの決してない徳、置き忘れふみくだいてかえりみない不遜、そのことに全く気づかず無防備な空虚な人生しか知らないわれわれの不気味な無意識に対しての呵責なき警告である。

そしてリルケはやがてはじまる『マルテの手記』における巴里の生活、「都会の人間は文明に隷属し、均衡と節度から深く墜落してゆく。この大都会は決して真実ではない、すべてを欺く」と。「昼を、夜を、動物を、そして子供を、まるで都会は娼婦気取りで金ピカであらゆる毒素が液体のように流れ出し、貨幣でふくれ上っている」と。――まさに貧者を語る時とは正反対の厳しさである。しかも貧者は都会で熱病にかかったように苦しみ、汚物にまみれながら夜中さまよっている。リルケはどこへ行っても辛酸を舐め、みずから苦悩にあえいでいる。

しかし詩人は一歩進み出て最終章では次のように唱う。

おお　どこにいるのか、広場の群衆の見守るなかで
着物を脱ぎ捨て　裸形のまま司教の衣のまえへ進みでたほど、
それほどに強固なひととなって　所有と時間とを脱し
その偉大な貧しさに達したひとは。
…………（中略）…………
かれは光から出て　つねにより深い光へと進んで来たのだ、
かれの庵室は明るさに満ちていた。
かれの顔には微笑が広がり、
微笑はかれの幼年時代と過ぎ去った出来事とを宿し
娘盛りのように熟していった。
…………（中略）…………

大きなものも小さなものも　みなかれを受け取った。
多くの動物たちのところへ天使《ケルビム》がやってきた、
かれらの雌が子を孕んだことを告げるために――
そして天使らはこの世のものとは思えぬほどに美しい蝶であった、
なぜなら　すべてのものがかれを知り
かれから豊かな創造の力をえていたから。
かれが名もないように軽やかに死んだとき
かれはすべてのものに分け与えられた。かれの精子は
小川を流れた、樹々のなかでうたった、
そして花々のなかから静かにかれを視つめた。
かれは横たわり　そしてうたった。姉妹たちが来て
彼女らの愛するひとを悼んで泣いた。

おお　あの清らかなひとはどこへ鳴り消えたのか？
待ち侘びる貧者らは　なぜかれを
あの歓呼する若者をはるかから感じとらぬのか？

（第三三篇）

貧者らのたそがれの空に　なぜかれは昇らぬのか——
　貧しさの大いなる夕星は。

（第三四篇）

第三部はここに終る。時禱集は幕を閉じた。いま私はどこからともなくひたひたと湧く哀しみ、傷みのようなよろこび、形容しがたいこの想いに心を律しかねている。なぜこんなにこの一ヶ月余りをひたすら歩みつづけたのか。それがわずか一ヶ月とは思えない。時禱集の中に、この森の中にさまよい、深い疑問や悩みに道を見失い、どうしてこの門に入り、どうしてくぐり抜けたのか、最後までわからぬまま、ただリルケという修道僧にみちびかれてここまで来たという思いである。

道を見失った時一つの灯があらわれて疑問や迷いをもういちど、もういちど問い直すようにと言われた。あれは何だったろう。道標だったのか、ここを疑問のまま道をまちがえてはいけない、という灯だった。私は貧しさや死、そして神の存在についてわからないことはわからないままに進むことが怖ろしくて足が止まったことは幾度もあった。わかったわけではないが何か心に打ちこむ楔のようなものの手ごたえがかすかにあって、深い渓谷や森の茂みを何とかして越えてきた。到底踏み込める領域ではなかったが、今、この時禱書にむかって願うことは、どうか私に織物として、香わしいものを織らせてください、ということだ。それはこの時禱書に、リルケに捧げる織物でありたいと願う。

ロダンに出会う

第三部「貧しさと死の書」は、もうこれ以上のことも、これ以下のこともなく、裸形のまま神に身をゆだねる巡礼僧の姿があるばかりだった。ここまでたどりついたリルケは、ここから何処へ行こうとしているのか、巡礼僧とリルケの姿がかさなって、私は織物をそういうリルケに捧げたいような気持になっていた。

ロシアから帰国後、ヴォルプスヴェーデにたどりつき、ようやくクララという女性と結ばれ、娘まで生れて人並の家庭生活がはじまったというのに、彼はひとりパリへ出て来てしまったのだ。平穏な家庭におさまることはリルケにとって生きる上の呼吸を奪われるほどの苦しさだったが、それを理解してくれるものはなく、孤独だった。たとえどんなに恵まれた環境であっても、むしろ恵まれれば恵まれるほど、詩作の源泉は涸《か》れ、自らを切り裂いてでも、旅に出るしか生きる道がなかった。それは常人には理解しがたいことであるが、詩人の宿命をすでにリルケは負わされていたのである。そしてロダンに出会ったのだ。

ロダンという彫刻家は、「私には霊感というものはありません。ただ仕事をするだけです」といい、人に会うとまず、「よく仕事をしていますか」と問い、仕事をすることが即ち休息なのだと思うほどの徹底した物作り以外の何ものでもない芸術家だった。そういう彫刻家の仕事がリルケにどのような影響をあたえたのか。はじめて直面する「物」との出会い。詩を書くとは自らの精神、想念を磨き、象徴にまで言語を高めてゆく仕事だと思っていた。手仕事などと関係はないとさえ思っていた。併しロダンの仕事を目のあたりにしてリルケの考えは百八十度の転換を遂げた。ロダンにとって一日一日は生涯の欠かせぬ一日であり、仕事の基礎は手仕事にあるとして、「物」にむかっていた。

「決して想念や題材が重要なのではなく、それ自身のほかになんの目的も持たず、意味も持たず、ただそれ自身として独立に、本当に存在する物、そういう「物」を作り出すことが重要なのであり、そういう根本の条件を腕により仕事によって獲得していること、そういうところにロダンの動かしがたさ、集中があるというのであろう」（高安国世『リルケと日本人』第三文明社、一九七二年）。ロダンは頑固な一面をもちながら、迷わず物の前で永久の初心者のように献身的であり、敬虔に自然に見入り、辛抱づよく骨身を削り全身的に仕事に没頭した、制作する場にこそ真の自己があり、生涯はその上に打ち建てられているということをリルケは感得したのである、と高安はつづけていう。

「私は切に苦しみ、どうして生きようかと考え、それを学ぶためにあなたのもとへまいりました」とロダンに訴えている。

しかし現実に詩人である自分がどのようにして手仕事を導き入れることができるだろう。今までのように夢や浮び来る想念だけではなく、物の存在をしっかりと把握することの修練をとおして自分の原細胞に新たな「鑿《のみ》」を入れること、美しいもののみが本当に美しいのではなく、ボードレールの「腐肉」のようなおぞましい現実に対しても、ひるまずに事物として直視し、すべてのものに通じる言語をもって実在として表現するという苛酷な自己克服を強いられるのである。絵画や彫刻は物という素材をとおして表現するのに対して、詩とは精神の、ある想念という不可視なものを言葉によって物の存在の領域まで導き出すのであるから、現実的な足場より一層抽象世界にその足場を組まねばならないことになる。併し人間は現実生活の不安定に耐えきれるものではなく、ひとたび道を違えれば忽ち詩作へのパイプは途絶えてしまうことになる。そうした矛盾の中からみずから安穏を裁ち切って次なる足場へ——旅へと——向かうことになるのである。

併しそうした試練、耐え難い体験が、詩人をして鍛えてゆく素材になり、ロダンによって与えられた「物」への開眼は、リルケにとって彫刻であれ、詩作であれ、制作の際の精神の集中と、働くこと、学ぶこと、そのために道具としてあたえられた言葉は、鑿や槌によって鍛えられ、磨かれねばならないことをロダンによって学んだのだ。自分が最も苦悩するものの本質に迷わずその鑿を穿《うが》つことによってのみ乗り越えることが出来るのだ。詩人は生命の極みのものさえ差し出さなければ一行の詩も生れることはないのだということを知らされるのである。そのようにして生れた一行は、一字として偶然や無駄はなく全き物としての存在を彫り出すことができるのだと私は思う。

「詩の完成する瞬間にのみ、たましいの解放は在る。」

そのようにして遺された数行の詩が永遠に我々の内に息づくのである。私は巡礼僧に別れを告げて、新しい旅路にむかうリルケの内実に深く触れ、どこからか清水の湧くような思いを抱きつつも、この先の更なる苦難を予感し、私もまた新しい草履に履き替えてリルケの旅に従《したが》って行きたいと願う。

ロダンによって物への大きな変革をなしたリルケの次の言葉を記したい。

「どういうわけか、すべてのものが以前より深く私の中に入ってくる。もうこれでおしまいと思っていたところまで来ても止らず今まで知らなかった奥の方まで入ってゆく。」

ロダンに学びつつここまで来た私も、地層のどこからか湧いてくる思いが今私の中を流れてゆくのを感じる。もうこれでおしまいというところまで来ているのに、手にとるさまざまの糸が、きらめく色がもう少し奥の方まで私を誘うのである。

物は少しも変らずその時の物でありながら、その存在の核にある光りを道標《みちしるべ》として示してくれているのではあるまいか。迸《ほとばし》る噴水の中に見えざる水の姿を見るように。

孤独と絶望からの再生——マルテの手記

巴里　行き止まりの露地

「九月十一日トウリエ街にて
人々は生きるためにこの都会へ集まって来るらしい。しかし、僕はむしろ、ここではみんなが死んでゆくとしか思えないのだ。僕はいま外を歩いて来た。——（中略）——子供は眠っていた。大きく口をあけて、ヨードホルムやいためた馬鈴薯や精神的な不安などの匂いを平気で呼吸していた。僕は感心してじっと見ていた。——生きることが大切だ。とにかく、生きることが何より大切だ。」（大山定一訳『マルテの手記』新潮文庫より。以下も同書による）

時禱詩集第三部を書き終えて、ほっとする間もなくマルテへと心がはやる。この本ほど私を虜《とりこ》にし、悩まし、絶望させ、今もまだその不安の中にいる。こんな本ははじめてだ。心はまだだ、と言う。一歩森へ踏み入れた足をひきとめるものがある。

時が囁くようだ。

——思えば七十年近くこの本をたずさえ、ある時は旅に出ることもあった。いつの時もマルテはその扉をすこし開けてくれるだけで、まるで拒絶されているみたいに私は戸口の前にたたずむだけだった。それならば忘れればいいものを、ほかに読みたい本は山ほどあるのだから。かつてあんなにドストイエフスキイに没入してほかのものは目に入らなかった時期もあったのに、私の机の上にはいつも時禱詩集があり、書架の上に自作の裂でカバーしたノートがおかれていた。旅行鞄には『マルテの手記』を入れていた。

時禱詩集は一日に一頁でも読みたい、経文を開くように読む日もあり、時には忘れいつの間にか時は過ぎていった。

今から十数年前、ペテルブルグへ旅したことがきっかけでずっと胸に燻《くすぶ》っていたドストイエフスキイへの想いが湧き立ち、ほかのものが見えなくなるほど一直線に向っていった。そのあいだもシベリヤ鉄道を走るさ中、ところどころ森があり、僧院がみえ、まるで時禱書の中をゆくようだった。それというのもこの書は、ロシアという大地と修道僧の独白がリルケの同伴者のごとく深くつながれているからである。その中にゾシマ長老やアリョーシャが見え隠れして、東方正教会や大地に根ざしたロシアの民の祈りが聞こえてくるような気がしていた。私にとってドストイエフスキイと時禱書は切っても切りはなせないものだった。

この三月の終り、いよいよ本気で時禱書を開くこととなった。それまでの私には心に響く鐘は暗く重く、拒絶された僧院の中で祈る修道僧の魂ははるか彼方にあって近づくことはできなかった。そこには手を差し伸べることのできない巨大な暗闇が延々と広がり、神はどこに在《い》ますのかと問えば、闇こそ神であると怖れおののくばかりの答が返ってくるのだった。私はこの年になってなお退こうとする自分をもう許してはいられない。何かに背中を叩かれたように時禱書の最初の頁を開き、そこに晩鐘が鳴り響き、〝私は感ずる、できる――〟という宣誓にも似た言葉に突然呼び覚まされたのだった。そしてまるで悔いあらためる如くに読みはじめた。もう時間はない、こんな私でも感じればできる、とその言葉を守護神として読みはじめた。このような私に扉は開かれるのだろうかという問は間違いで、もう私は扉を開かずにはいられない、躊躇せず入っていかねばならなかった。文盲の者にも神は教えさとして下さるはずであると信じて二ヶ月余り読みつづけ、読み終ったところである。

そして今ようやく『マルテの手記』について書きたいと思っている。

いよいよマルテを読みはじめてから一ヶ月余り、私は全く戸惑い、昏迷の境を行きつ戻りつするばかり、それは思いがけず平易にわかる世界ではなかった。入り組んだ露地があり、高い塀があり、蔓が無数にからまり、やっと見つけた戸口は行き止まりで、窓にコンクリートがはまっている、どうしたらいいのか、戸惑う自分が許せない。必ず道はあるはずだと思う。が案に相違して私という人間は現実的で、小説というものには筋があり、主人公が事件に巻き込まれ、恋愛や闘争あり、悲劇に終ると思いこむ、その筋書が一切ない。こんなはずではなかったとまず打ちのめされながら、マルテの内面のじめじめした、どこまで続くとも知れない独白を聞き、独りよがりな退屈なこの小説は何なのかと思いはじめたらもういけない。やっぱり駄目だ、私には、私のようにせっかちで解決ばかりを望む性分では辛抱しきれない、こんな難解な高尚なものは性に合わないと絶望し、リルケだからと我慢するのはおかしい、何を語っているのか、主語は自分なのか、彼なのか、この問題の主題は何なのか、疑い出したらきりもなく、結局私はこの程度しかわからない、彼は何を讃美し、何を嘆いているのか、ここまで彼を苦しめているのは何か、おびえているのは何か、自分で自分を追いつめているのではないか、とかつてドストイエフスキイの『地下生活者の手記』を読んだ時も同様な思いにおそわれたが、何が私を苦しめるかと言えば、そこまで意識の網の目をくぐって忍耐強く見つめようとする能力に欠けている自分が情けない、思いがけず自分の愚鈍さを思いしらされる。もう少し我慢して読みつづければこの先には人も滅多に通らない秘密の城へ行ける道があるのかも知れない。ああ、しかし彼は何を言おうとしているのか、そんな思いが夜まで引きつづき、毎晩のようにマルテを寝床《ベッド》へ持ち込んで読む。数頁読むと眠ってしまい、明け方必ず目がさめてまず頁を開く。するとある朝、もうなんども読んでいたところなのに何故かその朝ばかりは文字が爪先だつように浮き上って眼の中に飛びこんでくる。思わず知らず引きこまれて時を忘れた。

——それはこういう一節である。

彼が一軒のカフェの前をとおりかかった時のことだった。ボーイたちが何か肩をつつき合って向う側の歩道をゆく一人の男に注意をむけて笑い合っている。彼は何となく不安になって異様な人物でも飛び出してくるのかと向い側の歩道に移ったが何事もなく、大柄な痩せた老人が歩いているきりだった。服装も態度も普通だった。ところがしばらく行くと老人は何かにつまずいた。それがはじまりだった。マルテはそこから六頁くらいにわたって延々と微細に老人が次第に怖ろしい舞踏病の発作におそわれ、路上を跳ね、痙攣《けいれん》をおこして倒れるさまを語っている。それはまるで名優が一シーンを演ずるかのように真に迫り、画像ならば完璧な描写に人々が食い入るように見入るであろうと思われるものであったにもかかわらず、そのすべてのシーンをおおう人間の哀しみをマルテが全身で受けとめていることに私は釘づけになった。

　まるで老人の影のように寄り添い、彼がつまずいたりよろけたりするたびに、ごまかそうとしているその仕草にマルテは自分もちょっとつまずいてみたりよろけてみたりして、二段ばねのちんちんみたいな痙攣が首のつけ根から全身に伝ってゆくのを見ると、心臓をどきどきさせて自分の貧しい小銭をかきあつめ、老人の手にどうか少しでも役に立てば受け取ってくれたまえ、と言いたい切なさにおそわれる。老人が最後の体面を保つために装う仕草を、まわりのものが見逃してくれるようにと願うその願いも空しく老人は飛び上り、飛び跳ね、転倒し、くずおれる。群集は嘲笑と好奇心と憐憫の入り交じった目で老人を見下す。無慚なその姿を見せつけられマルテは自分自身の破れかかった心臓から血のにじむ思いでその場を立ち去る。一路傍者の哀れな姿としてではなく切り取られたそのシーンがそのまま胸中に張りつくのである。

一旦そのことに気づいて再びマルテに接した時、全く異なった世界が開かれて、私は心を射抜かれた如く再び読みはじめた。マルテが生きてゆく路線上に、通常の人間ならまるで気がつかず見過ごしてしまうものが突然おそいかかり不安のどん底に落ちる。何をいちいちこんなことに怖れおののいて誇張しすぎるのではないかと思う。しかし、そうではない。常識人の現実しかみえない鈍感さと思い上り、いつの間にか身についた生きるための利害、よけいなものにわずらわされるなという思いに目がくらんでいるだけなのである。若い頃なぜ『マルテの手記』を旅の間中持ち歩いて読んだのか、深く理解しているわけではなかったが、あの頃感性がまだいくらか手垢のついてない素朴さのために何か呼び覚されるものがあったのだろう。もしそうでなければとっくに捨てていただろう。若い頃読んだというだけで終っていただろう。ところが今日に至ってこれほど私を悩まし、絶望に近いほど喰い込んできたのは、ここまで歩んで来なければ私の今日存在することの核心の部分にいつの間にか風穴が空いていて、何とかしてその穴を埋めたいと苦しんでいたそのことを今知らされているのではないか。なぜマルテに苦しめられなければならないのか、そんなはずはないという不遜きわまる思いが立ちふさがっていたのである。

一冊の本を読む、その作者と出会うということの本質を問い質されているのだ。本を読むことは自分との対決である。どこまで踏み込めるか、完全に打ちのめされ退去することだってある。本人はそれと気づかず放棄する。しかし私はリルケを放棄することは絶対に出来ないのだ。

なぜならそれは今や自分の一部でもあるから、捨てようにも捨てられないのだ。勿論リルケの崇拝者、研究家からみれば私など吹けば飛ぶ存在である。ドストイエフスキイの時にも全く同じことを感じたミーハーにすぎない自分がなぜこうまでしつっこく従《つ》いてゆきたいと思うのか。実は途中で『マルテの手記』はこのままにしておいて、早く『ドゥイノの悲歌』が読みたいと思ったこともあった。しかしそれではリルケに対して失礼である。『マルテの手記』をしっかり抱きとめおろそかにしてはいけない、という思いは次第に強まり、その頃ちょうど入手したリルケの書簡集の中にあるマルテ・ブリッゲに関する手紙を探して読みはじめた。

リルケが時禱詩集を書き上げる前から次第にマルテに移行してゆく心境がだんだん浮び上ってきた。どんな状況であったのか、その頃、一九〇四年、二十九歳のリルケはローマに滞在し、この年の二月頃、『マルテの手記』を起稿する。その前年、イタリアで時禱詩集第三部「貧しさと死の書」を書き上げ、翌年の五月、ルー・ザロメにあてて次のような手紙（『書簡集I』九七）を書き送っている。

「私の新しい本（その堅固な、隙のない散文は、私にとって一つの鍛錬で、私が後になっていつかは他のすべてのことを――軍隊小説をも――書くことができるために、現われなければならなかった進歩になるものです）。」（矢内原伊作訳）

あの時禱集と全く異なり、なぜひとりのデンマークの若い作家の手記を書くことになったのか、どのような関連があったのか、それを知りたいために書簡集を離すことができなかった。リルケにとって詩作品を書く時と全く異なる散文形式のこの文章には予想外の苦難が待ちうけ、作品は遅々として進まなかった。その頃妻クララあての手紙には困難な状況で苦しむ様子が詳細につづられていて、まるでマルテはリルケであり、同一人物のごとく錯覚する。

読者というものはその作品を熟読し、解ったと思い、自分の中に何か新しいものを獲得したと思い、やっとこれでその作品を読了した、卒業したと思う——が実はそんなことは全くあり得ない、はっきり言って少しもわかっていない！と自分自身に叫びたい、何を思い違いしているのか、それはその作品のいいとこ取りなのである。自分にわかったとか感動したとかいうことを納得させたいために何とかおいしいところをさがして、ほどよく見つかると大喜びして理解したことにしてしまうのである。しかしそれはその作品のごく一部か、ひょっとすると全く思い違いなことすらあるのである。そんなことが次第にわかってくると、ますます自己嫌悪におちいり、もう走り出している車を止めることもできず暗澹としているうちに、ある日、ふと今まで読んでいた同じ文章、同じ状景が様相を変え、別の姿で私に語りかけてくる。不思議だ！　私の中の何かが振り落されたか、少し素肌に近くなったのか、その内面に何かがうごめき、かすかな新鮮な手ごたえを感じる。それは今まで味わったことのない内心のよろこび、充足感、その手ごたえは、閉ざされていたもう一つの自分が目覚めたといおうか、それはこの詩人の資質の高さに思わずゆり動かされ、ほんの少し高みへと目を向けることができたのだろうか。万物へそそぐ眼、すべての花や草、小さな虫、名もない人々に、雨音や滴のしたたりにふり注ぐ無類の優しさ、岩と岩のあいだから滲み出てくるように胸にしみる一行、突然霧が晴れたようにその一行が私を変えてゆくのだ。
と思わず心を許していると、一寸待って、——次の頁をめくるとそこにあらわれる次の文章。

「空気の一つ一つの成分の中には確かに恐ろしいものが潜んでいる。呼吸するたびに、それが透明な空気といっしょに吸いこまれ——吸いこまれたものは体の中に沈殿《ちんでん》し、凝固し、器官と器官の間に鋭角な幾何学的図形のようなものを作ってゆくらしい。——（中略）——僕の生命の細かく分岐した先の先へ、何か得体のしれぬものが吸いあげられてゆくような気持である。そして、とどのつまりまで押しあげたものが、なお体の外へ突きあげ、僕がそれを最後の拠点としてのがれてゆく呼吸まで、とうとう押しふさいでしまう。ああ、僕はどこへ行けばよいのだろう。どこへ逃げて行けばよいのだ。僕の心が僕を押出す。僕の心が僕から取残される。僕は僕の内部から押出されてしまい、もう元へ帰ることができない。足でふみつぶされた甲虫《かぶとむし》の漿液《しようえき》のように、僕が僕の体から流れ出てしまうのだ。」

まことに怖ろしい描写である。空気の成分の一つ一つに怖ろしいものがひそんでいると思わずにはいられない彼の感受性はそのまま無類の優しさをもって万物をながめ、その極と極の間を振り廻されるごとくに自らを苛《さいな》みつづけるのである。踏みつぶされた甲虫のように自分の体から自分が流れ出てしまっているとは。なぜリルケはマルテをかくも痛めつけるのか。ヴォルプスヴェーデの平穏な暮し、妻子と共に芸術村で暮すことは夢ではなかったのか。なぜそこを捨ててひとり巴里へ出て来なければならなかったのか。時禱書の後に是が非でも書かねばならないものがこれであったのか。勿論こんな小説は平和な家庭人として書けるはずもないのである。私もまたマルテの極限の生活を垣間見てしまった上は逃れようがない。私自身日々その片鱗さえうかがうことのできない安穏な暮しの中でどう受けとめればいいのか、一時のがれの納得はできない、とすればただひたすら読むことしかないのだ。マルテに近づくしかないのだ。それは私自身の生き方、身辺を整理し、徒らな消耗を避け、思考の先を鮮明にすること、この年齢《とし》で何ということになったことだろう。しかしそれは私自身が希《のぞ》んだことだ。自分がためされるのだ。

　巡礼とはこういうことか。時禱集の巡礼はそれこそそのもの自体であり、その厳しさは貧困と死へ向うものであった。しかしマルテは今ただひとり内面の救いのない旅に向っている。リルケがどんなにマルテと一体になっているとは言え、彼の没落、死に至るまでの道程に彼の認識とリルケ自身の認識が重なり合い、安んじて彼を別離の方向に導いてゆこうとする内面の葛藤、苦悶、その間隙にあって一部のごまかしも虚偽も許されない「見る」ことと「書く」ことの軋轢が切々と痛ましいまでに響いてくる。

もう少し巴里の街角の描写を追ってゆこう。ちょっと人の気づかないごく細部の陰翳の部分の執拗なまでの描写、一筆一筆喰い入るように描く。街角で出会った老婆は奇妙な手つきで鉛筆をおそろしく手間どりながら出して買ってくれというだけではなく、その老婆に何となく秘密を分かち合った仲間のような不思議な感覚をおぼえて立ち止る。なにもそこまで感じなくてもよいさまざまの事象に血液まで吸い取られたり、溶けこんでしまったり、その揚句得体の知れない恐怖におそわれたりする。何ともやっかいな生きにくい人物マルテである。

「僕はどうしても彼から思いきって新聞を買うことができなかった。」にはじまる盲目のみすぼらしい新聞売りの話。夜のリュクサンブール公園を鉄格子に背をもたせ、つぶれたランプの消えかかったようなかすかな声がマルテには洞窟の雫の音のように聞こえてくるのを聞かぬふりをしてあたりの人にまぎれて通りすぎようとするのだが、心にはなんとなしにピエタ（受苦）という思いが浮んできて、彼のこころもち傾けた顔つきや、かげった頬のあたりの無精髯の無表情な盲目の一切救いのない哀しみがこびりついてはなれない。外套を引きずり、しわくちゃのカラー、フェルト帽。マルテは見上げる勇気のない自分に本当の姿を見ることによってせめて一つの想像画を完成させ、いくらか自分の中で救いのない哀しみをせき止めようと考えた。

冬が終り、春の近づく季節の日曜日、公園の中で再びちらっと彼の姿をみかける。一瞬マルテは自分の想像はまるで無価値だと知った。そんな斟酌は無用だった。自分の空想などはるかに越えていた。彼の眼瞼の裏からたえず伝ってくる心の中いっぱいの恐怖など自分は全く知らないのだ。その時彼がいつもと違った別の帽子をかぶり、よそ行きらしいネクタイを締めているのに気づいた。黄色と紫のネクタイ、緑色のリボンのついた安ものの麦稈帽子。

無論こんな色彩など何の意味もないのだけれど、ただ是非言っておきたいのはこの帽子とネクタイが彼の印象の中で小鳥の腹のいちばん柔らかな羽毛のようないじらしさに見えたことだ。彼はそんなものを少しもよろこんではいなかった。しかしマルテは不意に湧き立つような感動につつまれ、これは神のための装いにちがいないと思った。突然今神の証明がはっきりわかった。これは神の趣味にちがいない。おそらくこの日曜日の朝、盲目の男に帽子とネクタイをあたえて、神はその姿に思わずほほえんだのだろう。苦しみとは一体何なのか。仕合せとは一体何なのか。神だけがそれを知っている。また冬が来てマルテが外套をはおる時、神に願ってこの盲目の装いのようにありたいと願った。

今まで私は行きずりの盲目の、あるいは足萎えの乞食や浮浪者の傍をなんど素通りしてきたことだろう。実はこの盲目の男の箇所はすでになんども読んでいたのである。しかし素通りしてきた。現実の乞食の前を素通りしてきた如くに——。人間の無意識、思い上りはそれ自体気のつかぬということの底なしの怖ろしさである。今ようやく『マルテの手記』が生気を帯び、なぜリルケが時禱集や形象詩集の創作の道を断ち切って巴里の貧しい青年の内的独白の方向へ向ったか、少しわかったような気がした。すべてこれらの現象やどん底の人々は決して他人事ではない。ということは分っていてもそこまで踏みこめないで回避してきた。

実は『マルテの手記』の果てしない暗黒のぬかるみに困惑し、絶望的になっていた時、早く『ドゥイノの悲歌』が読みたいと思った。マルテを素通りしてと。しかしそんなことは出来なかった。リルケに対して冒瀆である。なぜなら「私は『マルテの手記』を充分理解できません」と言うのならそれはそれでいい。しかしそれならば『ドゥイノの悲歌』は読んではならないのだ。自分にその資格はないと、ひとはそんな理屈はないと言うかも知れないが、私はそう感じる。一人の人間のこの部分は理解できるがこの部分はわからない、ということが屢々あると思うが、果してそうだろうか。それは理解したと思う部分も含めて本当は理解できていないのではないか。どうしたら理解できるのか。それ故私はどうしてもマルテを理解したい、あの盲目の新聞売りをよんで愕然としたのはそのことだった。

私は、夕方町に出て、帰り道、藤原堤を車が走っている時突然なぜリルケがマルテを書かなければならなかったのかと思うと、わけもなく胸に熱いものがこみ上げてきた。それはマルテが堅い殻を背負っているイメージだった。その殻の中に、普通の人間には気づかない、何の得にもならず、かえって蝕まれるかもしれないおぞましいものまで抱きこんでしまう、受け入れてしまう魂。それを誰かが熱く見守り書かずにはいられない。そのことを委託されたのがリルケではあるまいか。

雨に濡れた路辺の小さな花や葉ずれの音、犬の遠吠え、夜の闇の底にうめく女の声、それらを我れと我が身に引きよせ、律してゆくことの困難な痛みに耐え、冷静に言葉として、詩として刻印してゆく。それは決して浮浪者や盲目の人に同情しているのではない、そんな弱い魂ではない、最後まで目をそむけずに見届けようとする熱い魂でなくてどうしてマルテが書けるだろう。マルテを没落にまで向わせその崩壊寸前から飛翔しようとする強靱さがなくてどうして書きつづけることができるだろう。

ある時静かな町を歩いていて退屈さのあまりつい足音荒く木靴のように踏みならした時、そこにいた女が驚いて上半身を起したとたん、あまり急激だったので女は両手の中にうっ伏した時のままの顔をのこして身を起した。マルテは手の中に残された鋳型のように凹《へこ》んだ顔を見てしまった。おそろしく一生懸命に手の中を見つめてしまった。それは手の中から抜けた女の顔を見ないためだった。ひどく真剣なはりつめた気持で裏返しになった顔のないのっぺらぼうの無気味な首をみる勇気がなかった。この女の顔の鋳型の凹んだ顔が強烈な印象で忘れられずにいた時、偶然に次の書簡を見出した。

一九一五年、ロッテ・ヘープナー宛（『書簡集II』三九七）

「数年前、私はすでに一度、『マルテの手記』を読んで怖れを感じたという人に、『手記』についてこう書き送ったことがあります。私自身は時おりこの書をまるで凹型鋳型や写真のネガティーフのように思っている。その一つ一つのくぼみや溝は苦悩であり、絶望であり、非常に悲しい洞察であるけれども（ちょうど青銅の製品を作る場合に、鋳型のなかからポジティーフな像が得られるように）、もしもこの鋳型からポジティーフを鋳造することができるならば、そこに生まれてくるものはたぶん幸福であり、肯定であり、非常に精密で、確実な浄福なのだろうと。私たちはいつもいわば神々の背後に歩みよっているのではあるまいか、と私は自問してみます。そして神々の崇高に輝いている顔に接することができないのは、神々自身の体によって私たちの視野が遮られているからにほかならないし、私たちは熱望している神々の表情のすぐ間近に来ているのだけれども、ただその背後に立っているのだと――ですが、このことは私たちの顔も神の顔も同じ方向をむいていて、互いに重なりあっているということにほかならないのではないでしょうか。そしてだから、いまさら神のまえに出て、神に近づいてゆく必要なぞがどうしてあるでしょうか？」（富士川英郎訳）

マルテが街角で出会った女の両の手にのこされた顔をみて、本当の女の顔をみるのが怖ろしく、もしその顔が何にもないのっぺらぼうの顔だったらどうしようと恐怖におののいた。実は私もその勇気がなかった。ところがこの書簡をよむと、リルケは凹型の鋳型のように哀しみや苦悩がめりこんで出口のない絶望感をあたえるかもしれないその顔は、実はあの時もし女の手の中にのこされた顔をみるのではなく、女そのものの顔を勇気をもってみたなら、もしかすると女自身は祝福にみちたすばらしい顔をしていたのかもしれないのだ。女は手の中に苦しみをのこしただけではなく、その苦しみを味わいそれを乗り越えたものの顔になっていたのではないだろうか。心に深く刻まれた哀しみなくして美しい顔は生れてこないと同じように。この手記をよむとき、鋳型から抜き出てきた本当のポジティブな作品として読者が理解することが出来たらそれは至高の作品となるだろう。なぜなら私達はあの『罪と罰』という小説をよみ悲嘆にくれながら作中の人物に心をかよわせていても、いざそれを読み終った時、なぜか心が充実して決して打ちひしがれてはいないのである。偉大な芸術に対するひれ伏したいようなよろこびが湧いてくるのだ。どんなに作者が泥沼のような自己嫌悪や反感やニヒリズムに悩まされ、苦しんで制作していようと、その中を流れる人間の悲哀に対する深い感慨を共有することができれば我々は心洗われ生きるよろこびを与えられるのではないだろうか。こんな年齢《とし》になって今来し方をふりかえれば何と礼儀をしらずに本を読みあさったことだろう。

今ようやく『マルテの手記』につまずき、なぜこの小説は私を酔わせないのか、なぜ胸のうちが晴れないのか、こんなはずではなかったという疑いや謎に充ちた道程を経て、何かが浮び上って来た。それはいわば裏写真というか、そこまで踏みこめない、作り話ではないものが、触れれば毒をもち針がささるかもしれないものが存在していることを容易に受け入れられなかったのではないだろうか。しかしこの手記はそんな救いのない行き止りの話ばかりではなかった。

流れに逆らって

幼年時代のママンとの思い出、アベローネ、そして一角獣と貴婦人の壁飾り《タペストリ》の話などがある。一九八二年はじめてヨーロッパを旅した折、私は『マルテの手記』を持っていった。旅に出る寸前に偶然に読んだ杉本秀太郎著の『洛中生息』の中にクリュニー美術館のことが語られていて、私はその文章にひどく魅せられてしまって、一角獣の壁飾り《タペストリ》の出てくる「マルテ」を持っていったのだった。車が巴里の街を走る時、同行の友人が「あ、クリュニー」とつぶやき、私は咄嗟に「一角獣の」と言った。あ、ここにあの壁飾りはあるのかと私はひそかに胸が躍ったが、滞在中はそこを訪れる時間もなく、今日の午後巴里をはなれるという日、ノートルダム寺院のそばにある友人の宅から朝早く私はひとり街にさまよい出て、何のあてもないクリュニーに向った。全くの方向音痴、異国の言葉も通じないこの街でどうして見出すことができようか。いつもの私ならそんな無謀なことはできないのに、迷えばノートルダム寺院の尖塔をめざして帰ればいいと、なぜかその朝、私を導く一本の糸があったのか、細い露地や裏通りを抜けてふと大通りに出た時、鬱蒼とした森の中に古い僧院のような建物を見つけ、もしやと思ったのがクリュニー美術館だった。まさに奇跡のようだった。しかし早朝のため門はかたく閉ざされていて私はそのあたりの町を歩き、教会の鐘の音をきき時間を過ごした。ようやく訪れたクリュニーであの一角獣の壁飾りに出会えると思うと私は胸がしめつけられるような期待でふるえるようだった。コプトや中世の祈禱書、美しい装飾文字、百合や占星術、牧童の描かれている羊皮の古書など目を奪われるものはかずかずあったけれど私の求める一角獣はどこにもいない、思い違いだったのかと全身の力が抜けるほど落胆して地下の聖堂の方へ下りてゆくと、冷え冷えとした暗室に石棺が並んでいる。思わずぞっとして目の前の階段を駆け上った。ふと見ると私は円形の光にあふれた部屋にたどりついていた。まるで地獄から天国へ昇ってきたかのようだった。そこには六幅の退紅色の壁飾りがゆるやかな弧を描いて並んでいるではないか。それは久しく夢に描いていた一角獣がさらにさらに麗しい姿で貴婦人たちと共にあらわれたのだ。私は形容する言葉を失い、肩のあたりからすーっと影のようなものが出ていって六帳の壁飾りのあいだをさまよっているようだった。私は手すりに寄りかかり脱魂したように立ち尽くした。天井から柔らかい光がふりそそぎ六人の貴婦人や侍女、一角獣、鳥、獅子、兎、猿、犬、千々の花たちが虚空に浮び、舞いたわむれている。仄かに紅の褪せた色調は優雅というほかはなく室内にこぼれる光を吸いこんで恍惚とした私を包みこむ。音楽、薫り、愛撫、陶酔、味わい、わが唯一の願いとそれぞれの壁飾りにあらわされた感覚の粋をきわめたこの世界こそ没落した貴族の限りない栄華の果ての陰翳を如実にあらわしている。貴婦人と一角獣の見かわす瞳の奥に深い悲哀と倦怠が映っている。

おお、これは現実には存在せぬ獣。
人々はこれを知らず、それでもやはり愛してきた、
——そのさまよう様を、その姿勢を、その頸《くび》を、
そのしずかな瞳の輝きを——。

本当にはいなかった。だが人々がそれを愛したということから
純粋無垢《むく》の一匹の獣が生じた。人々はいつも余地をあけておいた。
その澄明《ちょうめい》な、取っておきの空間の中で
その獣は軽やかに首をもたげ、ほとんど

存在する必要すら持たなかった。人々は穀物ではなく
いつもただ存在の可能性だけでそれを養った。
それがその獣には大きな力となって、

獣の額《ひたい》から角《つの》が生まれてきた。一本の角だった。
一人の処女《おとめ》のもとへ、それは白じろと近寄って来た――
そのときそれは銀《しろがね》の鏡の中に、また処女の中に真実な存在を得ていたのだった。
（リルケ『オルフォイスに寄せるソネット』高安国世訳）

これ以上何を言うことがあるだろう。

マルテはこの壁飾りの一帳一帳を実に微に入り細をうがってアベローネに語りきかせる。まるで二人は手をとり合ってこの花苑を散策しているようだ。私もかつてフランスの城に飾られた数々の壁飾りをみたが、豪奢、華麗とはいえ心を打たれるものではなかった。併し、このクリュニーの貴婦人と一角獣は全く別世界である。それは日本の絵巻（源氏物語絵巻など）にも流れている最も洗練された貴族の滅びゆく倦怠の美。貴婦人の鏡の中に永遠に映っているのは、幽邃のあわいに浮び上る愛によってのみ養われる白い純粋な獣、あの架空の存在こそ優雅《エレガンス》の粋ではあるまいか。もし巴里滞在中に導きの糸によってあの退紅色の壁飾りに出会わなければ、私は『マルテの手記』の暗欝な洞窟の掘り起された面のみを刻みこまれて心は晴れることがなかったろう。

なぜマルテが幼年時代の記憶を執拗に語るのか。侍従職の祖父、プラーエ伯爵家の人々や、クリスティーネの亡霊、何やら秘密めいた館の話などとは裏腹に、みじめなマルテの孤独な巴里の生活が浮彫にされる。ママンとのひそかな会話、レースの話など、過剰なまでに大切にされた環境を拒否して、なぜ安住なき放浪の身になったのか。さまざまの疑問や謎を含みながら終末へ到る。断章ながら強烈な印象をのこすカルル大公やシャルル六世などの異様なまでにグロテスクな最後を綴らずにはいられないその衝動とは何か。いよいよ最終章に入ると唐突にも「放蕩息子」が語られる。

「誰がなんと言おうと、僕は聖書にある「放蕩《ほうとう》息子」の伝説は、あくまで他人の愛を拒もうとした人間の物語だと考えている。子供の時分から、家じゅうの人々は彼を愛した。彼はそうして大きくなった。子供心の幼さに、彼は世間はそうしたものと思いこみ、温かな人々の愛情に知らず知らずに狎《な》れてしまっていた。」

ルカ伝による放蕩息子は父親の財産を兄と半分ずつ分けてもらい、家を出るとさんざん放蕩を尽くしたあげく無一文になり父親のもとに帰ってくる。父親はよろこんで息子を迎え入れ、祝宴を開くが、兄は不承知である。自分は父親のもとで耐え続けて働いてきたのに、と。

この譬話は神と人間、父親と息子の縮図であり、人間は窮極、神からみれば放蕩息子である。さんざんあり余る地球資源を使い尽くし、今さら温暖化、汚染、薬害と騒いでいる。神の前に許しを乞うても許されるはずはない。しかも現代の人間は許しを乞うことも考えない。目前のことに心を奪われてゆきつくところまで行ってしまうだろう。幼年時代のマルテを見ても過剰すぎるほどに大切にかしずかれている自分に息詰まるような不安と虚偽を感じ、自分はここに安住できないという衝動にかられて巴里で独り暮しをはじめたのだ。しかしなぜ手記の最後に放蕩息子を登場させたのか。

「彼は人々の足もとに身を伏せて懇願した。僕を愛してはいけないと涙を流した。人々はびっくりして、半信半疑のまま、彼を助け起さねばならなかった。人々はやがて彼の気違いじみた行為を自分勝手な解釈で許した。彼は自分の行為がせっぱつまった一途《いちず》さであるにかかわらず、人々がすべて誤解して平気な様子を見ると、おそらく言いようのない安《あん》堵《ど》と解放を感じたに違いない。たぶん、彼はふるさとにとどまることができただろう。彼は人々の愛が自分を本当に愛していないのを、一日一日確かめることができたのだ。人々はめいめいの愛にただ一種の虚栄を感じているだけだったのだ。そして、お互いに愛を競っているらしかった。そんな人々の一所懸命な姿を見て、彼はかえって微笑を止めることができなかった。人々がいかに彼を愛することができないかがすでに明らかだったから。
彼がどのような人間であるか、人々はちっとも知らなかった。すでに彼を愛することは、途方もなくむずかしい行為になっていたのである。ただ神だけが僕を愛することができるのだと、彼はそんなことをほのかに思った。しかし、神はまだなかなか彼を愛そうとはしないらしかった。」

とここで『マルテの手記』は終っている。

果して彼は放蕩息子であろうか。この譬話は法華経の中にも書かれている。それぞれ幾分形は違っても人類にとって抜き差しならぬ問題である。レンブラントの放蕩息子の画の、ひざまずく息子のひきちぎれたわらじ靴のあわれさが忘れられない。マルテは神だけが彼を愛することができるといい、その神はまだ当分彼を愛そうとはしないらしいと言う。彼がそこからどうしたのか結末は何も書いていない。このままではあまりに納得がいかない。もともと納得がいくようには書かれていないのだ。この手記はマルテが時折書きためた断片を机の引出しや何かに入っていて、探せばまだいくらでもあるように書いてあったが、私は何か心残りで胸の晴れようもなくどこかにもっとマルテについて書いてないかと探していたところ、実に偶然というか、私にとっては奇跡のようにありがたいことにリルケの書簡集二冊が手に入ったのである。

一八九六年から一九二六年の死に至るまで実に五七五通の厖大な書簡が収められている。それはリルケの全作品にも匹敵するような希有な書簡体の文学作品といってもいいと思う。私は時を忘れて読んだ。どんなに深い感銘をうけたかは後述にゆずろうと思うが、これによって謎と疑いに満ちたマルテの手記が天蓋をはずされた山脈のようにすべてが浮び上ってきたような気がした。いくつかの山、谷また谷とリルケ自身の存在とかさなり、幾条かの水脈となって私の中に流れこんできたという思いだった。もしこの書簡集がなければ私はやはり難解極まる一人の青年の独白にふりまわされ、自分自身を痛めずにはいられない。なぜならマルテという人間は私にとって見捨てることのできないどこか共通の傷口をもっていることは否定できないからである。その傷口に一旦触れたものがそのまま血や膿が流れるままに目をつぶることができようか。マルテはこのまま消えてしまうのか。どうしてリルケは見放したのか。書簡集におけるマルテ・ラウリッツ・ブリッゲの書簡は一つのこらず読み、どこかにその糸口を見つけたかった。

リルケの書簡より。一九〇七年、パリ、クララ宛（『書簡集I』二四三）

「おまえはきっと『マルテの手記』の、ボードレールの「腐肉」という詩について書いた一節をおぼえているだろう。ぼくは、もしこのような詩がなかったら、とうていセザンヌにみられるような「即物性」への展開は不可能だったとおもうのだ。最初はまずこの仮借なさから出発せねばならぬ。芸術の「見る」ということは、おそろしいもの、一見いとわしいもののなかに、「存在者」を見るまでの、苦痛な自己克服の道なのだ。そして、「存在者」はあらゆる他の「存在者」といっしょに存在する。だから、一切の選択がゆるされぬと同様、芸術家には或る「実存」からの回避など絶対不可能だ。いつかただ一つのことを拒絶してさえ、きっと芸術家は神の恩寵から締め出されるにちがいない。そして、あわ

れな罪びとに堕されてしまうだろう。（中略）

不意に（そして初めて）ぼくはマルテの宿命を理解した。この試練がマルテの力を凌駕したのだ。マルテは観念的にこの試練の必然性を確信する。彼は長いあいだ、むしろ本能的に試練をもとめた。試練はついにマルテと一つになり、もはや彼のもとから立ち去ろうとしなかった。だのに、マルテは現実で、この試練に敗北してしまうのだ。『マルテの手記』が完成すれば、それはいま述べたような認識の書となるだろう。しかも、この認識はマルテにとって無慙きわまるものとならねばならぬ。おそらくマルテは試練に辛うじて耐えるのだ。なぜなら、彼は老侍従職の死を書いたのだから。しかしマルテは、ラスコルニコフのように、自己の行為によって消耗せられ、独りそこに取りのこされてしまうにちがいない。あたらしい行為がはじまらねばならぬとき、彼は何ひとつ行為することができぬのだ。ようやく獲得した彼の自由が、彼に反逆する。そして、無抵抗のマルテは悲しい没落を味わねばならぬのだ。」（大山定一訳）

芸術家は一つのことを否定すれば神の恩寵から締め出される。その一つとは何か。「仕事」、これしか出来ないという唯一のものか、それとも他者に対する使命か、厳しい問にとまどうばかりだ。マルテは決して否定しなかったが、その試練が彼を凌駕してしまった。試練は彼のもとから立ち去らず神の恩寵はどこへ行ってしまったのか。それは無慙きわまる没落へと導かれてしまったのだ。しかしそれではあまり暗すぎる。救いの道はないのか。

一九一一年、オーストリア海岸地方、ドゥイノ城、ルー・アンドレアス＝ザロメ宛

「（前略）愛するルーよ、あなたをおいてほかに、マルテがはたしてぼくに似ているかどうか、また似ているとすればどの程度までかを、判別し立証できる人はどこにもいないのです。確かに幾分かはぼくの危難をもとにして作られた人物であるにしても、そのマルテが、言わばぼくに没落の憂きめを見させまいために、みずから身代わりとなってぼくの危難のなかで没落してしまうのか、それともぼくが、じつはこの手記を書いたばかりに、ぼくをさらって押し流してゆく流れのなかへ陥るにいたったのか、これを判別し立証してもらいたいのです。この作品を書いてからは、心の奥底では途方に暮れ、無為のうちにもはや仕事をさえも見失って、ぼくがまるで廃人のようにこの書のあとに取り残されているのを、あなたならわかってくれるでしょう。」（谷 友幸訳）

（『書簡集Ⅰ』三一九）

もしこの手記を無事書き終えたらこれは一つの認識の書として自分の仕事の最も高い分水嶺となるだろうと信じていた。ところが実際には水という水はすべて過去の不毛の荒地に落ちてゆき、マルテはリルケを徒らに消耗させるばかりで、莫大な浪費をのこして没落していった、

と言う。おそらくこの書を書き終えた時、爆薬に点火させるつもりで最後の点火と同時に遠くへ飛びのいていなければいけなかったのに、未練がありすぎてその機を逸してしまったというのだ。

「いまにして思えば、マルテ・ラウリッツのあのひどく長い時期も、あのころのぼくの眼には、没落とまでは映らず、むしろ天の、誰も顧みなかった、かけ離れた一角への一風変った隠秘な昇天のように見えたのでした。」(同前)

自分の生み出したマルテという人物にこのような最後をあたえていいものか。天の一角への隠秘な昇天とは、——神の恩寵は遂にマルテには来なかったのか、マルテは選択も拒否もなく、あらゆる存在から目をはなそうとはしなかったではないか。

彼の葬送を見守り、彼から離脱してゆく時、ほんの少しのごまかしも嘘も許されない。彼は途方に暮れ、廃人のようになってこの苦悩を乗り越えようとするが、あまり遠くへ行くことは許されないのだ。マルテに完全な死が訪れるまで彼からはなれることは出来ないのだ。

一九〇八年、パリ、クララ宛(『書簡集I』二六六)

「いまになってみると、ぼくには、去年の不首尾だった真因さえも分ってくる。ぼくは去年はずっとまちがった場所にいたのだ。あの形姿のうえにいつも精神を集中していなかったわけだ。あの形姿には、ただひとつ、欠けているものがあった。それは、ぼくの総括し秩序づける力だ。あの存在の鉦《かね》を撞木《しゆもく》となって打ち鳴らすほどのぼくの心だ。いまその鉦からは、天上のアヴェ・マリアやキーリエが響くたびごとに、陪音が共鳴する。それは、ほかでもない、ぼくの内部のようやく癒合しかけた亀裂が発する陪音なのだ――このこと、おまえに察してもらえるかしら。――

ところで、やはりおまえたちにもただひとつだけ頼んでおきたいことがあるのだ。どうかぼくが、マルテ・ラウリッツを仕上げることができるようにぼくに力添えして、ぼくがおちついた時を過ごせるようにしておくれ。ぼくが先へ進むためには、マルテを通り抜けるよりほかに道はない。マルテがぼくの行く手に立ちはだかっているのだ。」(同前)

と彼は書簡の中でクララやルーに苦衷を訴えている。弱音を吐くといってもいいほど正直に吐露せずにはいられないのだ。リルケの中にマルテを生み出し、今彼を旅立たせてみれば我が身を刻むような一心同体であった、いわば彫心鏤骨の部分が容易に癒えるはずもないということはよく分る。小説とは違うのだ。かつて私は『罪と罰』を読み、『カラマーゾフの兄弟』を読み、その中に没頭したけれど、読み了ってみれば我が身に傷として喰いこんだ部分は、それが小説として完結しているという点で癒えているのだ。それは今度はじめて気づいたこと(おそまきながら）だった。いつまで私はマルテにしがみついているのだろう。虚構の部分がないだけ、納得できないものはそのまま残るのだ。そしてそれでいいのだと納得させるまでに時間がかかる。その間、またしても読みかえすのだ。まるでどこかに解答が隠れていないか、安住の場所がありはしないかと。もしかするとこのような手記こそ不朽の……というのかもしれない。今の今までそんな言葉が飛び出してくるとは夢にも思わなかったが世に言う不朽の名作は見事な建築物のように聳え立っているものとばかり思っていたが、こんなにみじめに打ちひしがれて何の救いのかけらもない無名の青年の独白がなぜ忘れられないのか、夜明けのベッドでまたしても同じ頁を開きじっと眼をこらす。浮び来る盲目の新聞売り、舞踏病の老人、隣室の学生、ブリキ罐の音、ママンのレースの話、インゲボルグ、一角獣と貴婦人、陰惨な王の死、混沌とした汚濁の巷から優雅の頂点まで、何の脈絡もなく、引出しからあらわれる紙片に書きつけられた記憶を並べているだけのこの手記をよくも飽きもせず見捨てずついて来たものだ。しかしそこに一人の時禱詩集を書いた詩人が存在する。私はずっと目をはなさず二十二歳のリルケから一九一〇年マルテを書き終えたリルケの茫然自失の態を目のあたりにしているのだ。

一九一〇年、ボヘミア地方、ヤノヴィッツ城、マリー・フォン・トゥルン・ウント・タクシス＝ホーエンローエ侯爵夫人宛（『書簡集I』二九七）

「（前略）もしかすると、ああ神様、思い上りだったかもしれないのです。いずれにせよ、途方もない貪欲だったにちがいありません。ぼくは、あのマルテ・ラウリッツで押し通したあの強引ぶりを思い出すと、いささかながらもぞっとします。あのときぼくはマルテとともに徹底した絶望のあげく、あらゆるものの背後にまでも、言わば死の背後にまでも、立ち入ってしまったために、もはやなにをするのも、死ぬことすらも、不可能になっていたのでした。芸術がいかばかり自然にそむくものであるかを、彼以上にはっきりと身をもって経験した人物はこれまでなかったと、ぼくは信じています。芸術は、世界のこのうえなく熱情的な反転であり、無限な世界からの帰路であります。」(同前)

いよいよ最終段階に入った時、リルケは思いがけぬ障害に見舞われ、立往生しなければならなかった。芸術がいかばかり自然に背くかということを身をもって体験したマルテはそこから引き返す帰路を見失ったのである。次の書簡にもその間のことが生々しく記されている。

一九一一年、パリ、リリー・シャルク夫人宛(『書簡集I』三〇九)

「ぼくの筆が終りに近づくにつれて、いくたびぼくにはこの作品がきびしい最後的な負託のように思われたか、ご存じでしょうか。ちょうど接戦のさなかに敵方の槍という槍を力の及ぶかぎりすべて一手に引き受けて、深手を負いながらも味方の総勢のためにかたづけてしまう、あの一騎当千の士のように、ぼくも、作中のぼくの課題をすべてひとまとめ

にして、この身に切り込ませようかと、じつは考えたほどでした。」（同前）

深手を負いながらも、この作品がきびしい最後的な負託のように思われ、それがリルケの支えとなり、次への道へ向う指針ともなったのであろうか。もう一つだけ記しておきたい書簡がある。

一九一二年、ドゥイノ城、アルトゥール・ホスペルト宛（『書簡集I』三三一）

「（前略）（マルテ・ラウリッツ・）ブリッゲを意気阻喪した男の絶望の書としてあっさりかたづけてしまう人たちも、確かに多いだろうと思うのです。むろんそれこそ、なにもかもいっしょくたにしてブリッゲを考えているわけです。マルテのなかに現われる力は、時には破壊へ導くようなことがありましょうとも、断じて破壊的ではないからであります。それこそすべての偉大な力の裏面にほかなりません。例えば、天使を見て、そのために絶命しなければ、根本的には許されないように、旧約聖書が表現していることと、まったく同じなのです。ところで、ぼくは、あなたがマルテ・ラウリッツを向上的な意味において理解しておられるとの確信を、ほぼ得ました。これこそ、マルテ本来の意味であり、マルテの決定的な意味なのです。にもかかわらず、一瞬たりとも読者が気をゆるめれば、たちまちこの書がその宿業的な面を向けるということも、つねに生じがちであります。その場合、この書がある程度まで有害な作用を及ぼすことも、また有害とまではゆかなくとも、いたずらに心を滅入らすような作用を及ぼすことも、ぼくは無きにしもあらずだと思います。（中略）誘惑に負けて、この書と同じように歩めば、かならずやその人は落ちぶれ果てるにちがいありません。言わばこの書を流れに逆らって読もうと試みる人たちにとってのみ、この書は真に楽しいものとなりましょう。」（同前）

私もまた幾たび絶望の書とは言わないまでも何か重く暗い吐息がきこえ、なぜこんなに頽廃した都会の没落の景色を身を削るようにして書くのか、溌剌とした人物は一人もなく打ちひしがれた人ばかり飽きもせず登場させるのか、と思うのは実はその裏返しで、もし意気盛んな円満具足の人物ばかりがあらわれたら忽ち読者はそっぽをむくだろう。そんなのは嘘だ、あきあきすると言いながら、二どとこの本を開くことはないだろう。リルケがいかにも破壊的で向上心のない人々と共にあって、どんなにその状況から人々と共に救われ、脱け出す道を求めているか、そのために渾身の思いで書き続けている。天使をみることは命を落すことかも知れないと知りつつ、引き返す道のない絶望を歩む姿に思わず引きこまれるのだと、この期におよんで遅々なる歩みの中で、私はようやく納得しはじめている。もしこの書に心をときめかす華麗な人物や恋愛があらわれたら、リルケのそこまで書いてきたことはすべて崩壊するだろう。人間の反面のおぞましく見るも無惨な実態をくまなく見落さず、これこそが今を生きる人間だと知らしめられ、そのことをはっきり自らに刻印してこそ次なる頁へ移れるのである。流れに逆らって読んでくれということは流れにおされてそのまま読んでゆけばかぎりなく滅入ってしまい、心情をそこないかねない、だからこそその重圧をはねのけて読んでくれと。私もまたなんどか読むのを止めようかと思い、そんな自分がなさけなく許せない、行きつもどりつ、ようやく前方に光がみえはじめた時、「この書を流れに逆らって読むものにとってのみ楽しい書となるでしょう」という言葉に出会ったのだった。

リルケは冒頭で「ぼくはまず見ることから学んでゆくつもりだ」と書いている。その見るということの定義のさだまらぬ怖ろしさ、自身の内部で変化し、止《とど》まることのない不可解さ、限りない落下と上昇の中間にあって身を引き裂く苦悶《くるしみ》、見ることと書くことのはざまで少しでも気をゆるめると忽ち虚構という隙間があくという恐怖、それはマルテにとって命がけの道だった。今やっと『マルテの手記』を読み終り、故しらぬいとしさが湧いてくる。それはマルテだけではない。この世に無数にいる、消えていった人間の、かたい殻を背負ってこつこつ歩いている姿に対して、切なさの底に湧いているかすかな温《あたた》かさだ。今でも夜明けに蒲団の中からそっと手を出してこの本をまさぐる。こんなはずではなかったと諦めきれず、とうとうめぐり合えたこんなはずの唯一の書だった。

このままでは『ドゥイノの悲歌』にたどりつけないのではないかと幾度か立往生したこともあったが、今どこからかドゥイノの風が吹いて来るような気がする。「春の嵐の中で夏は来ないのではないかと不安がらず落着いて樹液をおくってくれる樹木のように次第に期が満ち成熟してゆくのだ」と若いカプスへの手紙でリルケが語っているように、次第に変容を遂げるリルケを静かに今は見守るような気持だ。

今ようやくリルケはマルテを離れ、一人旅を続けている。

すべての天使は怖ろしい
——ドゥイノの悲歌

第一の悲歌

（一九一二年一月　ドゥイノにて成立）

ああ、いかにわたしが叫んだとて、いかなる天使が
はるかの高みからそれを聞こうぞ？　よし天使の列序につらなるひとりが
不意にわたしを抱きしめることがあろうとも、わたしはその
より烈《はげ》しい存在に焼かれてほろびるであろう。なぜなら美は
怖《おそ》るべきものの始めにほかならぬのだから。われわれが、かろうじてそれに堪《た》え、
嘆賞の声をあげるのも、それは美がわれわれを微塵《みじん》にくだくことを
とるに足らぬこととしているからだ。すべての天使はおそろしい。
こうしてわたしは自分を抑え、暗澹《あんたん》としたむせび泣きとともに
ほとばしり出ようとする誘いの声をのみこんでしまうのだ。ああ、ではわたしたちは誰
を
たのむことができるのか？　天使をたのむことはできない、人間をたのむことはできな
い、

（手塚富雄訳『ドゥイノの悲歌』岩波文庫より。以下も同書による）

詩人は一気に断崖をかけのぼって、この第一の悲歌を唱う。全霊を以て。果して私はこの宏大な熾烈な言葉を受けとめて踏み止《とど》まることが出来ようか。しかしそれはもうまぎれもないことだ。

最初の一句をここに書きとめたのだから、もう引きかえすことは出来ないのだ。

「ああ、いかにわたしが叫んだとて、……」

この言葉が響きわたる。ドゥイノの岩壁にリルケが立った時、背後にこの声が聞こえたのだ。その時風が吹き荒れて銀色の波しぶきが海面から高く立ち昇ってきた。その青い波の中から呼び止められるように、鋭く貫くような声を聞いたのである。

「いかなる天使がはるかの高みからそれを聞こうぞ？」

何ものの声か、ふりかえるとすぐ神の声だとわかった。――リルケはその場で小さな紙片にそれを書きとめ、その日の夕方、第一の悲歌が生れた。

突然にあらわれたこの叫びは、魂を震撼させ、その後につづく詩句に息もつかせず追い立てられる。〝なぜなら美は怖るべきものの始めにほかならぬから〟　そして〝天使の列序のひとりが不意に詩人を抱きしめ、その烈しい存在に焼かれてほろびるだろう〟と。何故、ここに美と天使と滅びがつらなってあらわれたのか、烈しく問う。

すべての天使はおそろしい、とは！

われわれを讃仰する天使は何処にいるのか。その勁《つよ》い翼でわれわれを微塵に砕き、それをとるに足りぬこととしているという。――ああ、私はその天使を幼い時から知っている。疑う間もなく信じている自分を怖ろしいと思いつつも、ものごころつく頃、天使の翼のザワッという音を聞いたような気がする。しのびよるその羽音、それは必ずやってくる、何がそれであるかわからぬ間に、それだとわかるのだ。

人生の幕があく直前それはやって来た。そこから生涯がはじまり、夭折の魂を背負って生きる。今、リルケの悲歌に出会い、その最初の数行にすべてを気付かされる。絶えずその予感の中に生きて、それが何かをわからず、今、天使は怖ろしい、天使をたのむことはできない、人間をたのむことはできない、と心に叫ぶものがある。

一昨年、私は「巡礼」という小さな物語を書き、私に託された願いごとの重さに驚き、途方に暮れていた。自分で書いたこととはいえ、何か書かされたという気もして、事の重さが日々に加わり、何かとりかえしのつかない淵へ歩んできてしまったのではないかと思うようになっていた。この先、黄泉《よみ》の国に旅立つほか私に何ができるのか、この世に言葉として刻印してしまったことへどう責任をとるべきか、その最後に、

「そしてとうとう、このたび巡礼に出ることに思い至ったのです。」

と書き記したことに対して、私はどこへ旅に出るのか、三度《みたび》託された願いごとに対して私はい

かに生きるのか、老僧はかすかに首をあげてたっての願いごとを託された、その最後の状景が今あざやかに思い起される。

そんな苦悩の日が続いたある暁方の目覚めの時だった。私はふと、寝台の上に体ごと浮上した如く何者かに囁かれたようだった。この重い鎖を少しでも解き放ち、実行すべきことがあるはずだと。——どうすればそれができるのか。巡礼とは旅に出て諸々の御仏を礼拝し、祈念すること、そこへ我が身をはこび、旅を続けることか——

一遍上人聖絵が浮んできた。家もなく、寺もなく、一切のものを捨てて死の間際まで旅を続ける。自分にはとても出来ないことだ。何一つ捨てることの出来ない自分の空虚なあがきが体の中をかけめぐる。仏教書を読む。何冊か読むうちに深く心に沁みる書があった。

鈴木大拙の『妙好人』と柳宗悦の『南無阿弥陀仏』だった。そして湖国の十一面観音を訪ね、奈良法隆寺などに諸仏を礼拝に出かけた。そんな助走があって、或る日ふと手にしたのがリルケの時禱書だった。

去年の三月、それまでずっとこの書は私の机上にあって眠っていた。本当に出会ったのはその時だった。時禱集の頁を開くと、私の中に何か楔《くさび》が打ちこまれてゆくようだった。楔は垂直に打ちこまれる。今までは表面を、あるいは斜めに吹く風のように流れるだけだった。

修道僧が毎日きまった時間に祈る。それは時間ではなく、「時」だった。そこに世界内空間が開かれ、祈りはそこまで掘り下げられ、そこにこそ己《おのれ》の実在が存在することを知るという。

己の頭《こうべ》を垂《た》れ、己自体を認識する、その鍛錬なくして「時」を持つことができるのか。瞬間ですら持つことができようか。自分にいいきかせ、ひるむ自分を鞭打ちつつ、もしここでリルケを放り出せば私は絶対にドゥイノの悲歌にたどりつくことはできないのだ。何とかしてたどりつきたい、その思いでようやくここまで来たのである。

この第一の悲歌は何という大いなる暗示に満ちていることだろう。ここまで駆け登って来たリルケの思いがけぬ叫びだ。

「神よ、生命を授け給え」とリルケは悲歌成立を願って祈っている。神が訪れなければ、その時それを受け取ることができなければ永遠に見すごされてしまうのだと。

一九一二年二月七日、ドゥイノにてルー・ザロメ宛(『書簡集I』三二九)

「愛するルーよ、「神よ生命を授けたまえ」(この祈りのことばはロシア語で書かれている。『ドゥイノの悲歌』の創作と継続と完成を祈っている)です。こう唱えていれば、キリストが多大の配慮をもってフォリニョの聖女アンジェラ(この時リルケは『フォリニョの聖女アンジェラの見神と啓示についての書』を読んでいた)になにを垂範されているかも、ついには必ず明らかとなるにちがいありません。」(谷 友幸訳)

その前年、十二月、エルザ・ブルックマン夫人に宛てた手紙(『書簡集I』三一七)では次のようにある。

「ここにひとり、そうです、きびしくひとり暮らして、繭のなかにこもり、精神を集中することを、つまり、自分の心を糧として生きて、他のいかなるものからも糧を求めぬことを、心ひそかに望んでいたからです。ところで、現にぼくは一昨日来まったくひとりきりで年経た城郭のなかにいます。そとは海、そとは石灰岩台地、そとは雨。おそらく明日は時化《しけ》でしょう――。ところで、かくも壮大にして強烈な諸物をまえにし、それと均衡を保つものとして、内面になにが潜んでいるか、それがこれから正体を現わして来なければならぬところです。それゆえ、まったく予期しないことでも起こらないかぎりは、自分自身にたいして一種の好奇心を向けたまま、じっと踏みとどまって、静かに隠忍自重しているのが、正直なのではないでしょうか。」(同前)

自らの内にこもり徐々に高まってくる内的衝動をひたすら自重して、押えに押えていたからこそ、突然雲が裂け神の声がきこえてきたのだ。

そして、さかしい動物たちは、わたしたちが世界の説き明しをこころみながら
そこにそれほどしっかりと根をおろしていないことを

よく見ぬいている。それゆえ、わたしたちに残されたものとてはおそらく、
わたしたちが日ごとなにげなく見ているような
丘のなぞえのひともとの樹《き》、昨日歩いたあの道、
または犬のように馴《な》れついて離れぬ何かの習癖《くせ》、
これならわたしたちのもとに居ついて満足している。
おお、それに夜というものがある、世界空間をはらんだ風が
わたしたちの顔を削《そ》ぎとる夜。――せつない気持で待たれ、
ものやわらかに幻滅をもたらし、ひとりひとりの心にくるしく立ちはだかる夜が。

それまでマルテの暗雲にとりかこまれて呻吟していたところへ突然雲が裂け、波しぶきの中に神の声をきいたリルケは思いもかけない飛翔をとげ、はるか雲の近くまでかけのぼった。しかしそこで聞こえてきたのは怖ろしい天使の羽音である。

「それへの嘆きが痛切であればあるだけ、それらのはかなさを止揚した確固たる対極として、実在するもののごとくに呼びかけずにいられぬもの」（手塚富雄註解）それが天使である。しかしまるで実在するもののように呼びかけずにはいられない天使は我々と次元を共にするものでは決してなく、言いつたえによれば――「しばしば生者たちのあいだにあると、死者たちのあいだにあるとの別に気づかぬ」存在だという。そして永劫の流れの中に生と死を貫いて、あら

ゆる世代を拉し、それらすべてをその轟音の中に呑みこむのだという。

ああ、生易しい存在ではない、怖ろしい存在なのである。「別に気づかぬ」と。人間の感情や判断など全くひと吹きに吹き飛ばしてそれすら気がつかない。たえず死と接触しつつ、永生の域にあるかと思えば、その本性は我々のすぐまぢかに住んでいる。儚さに通じている。天使の列序といえば普通我々が知っているセラフィーム、ケルビーム、ガブリエル、ミカエルなどの聞き覚えのある天使かと思えば、全くキリスト教とは無縁の天使なのである。詩人がその嘆きや苦悩に限界を感じ、思わず呼びかけずにはいられない時、あらわれる。詩人は天にちかづこうとしてそこで天使に出会うのである。そしてその絶対的な実存のさ中にあって一挙に転落する。天使との隔絶、それが『ドゥイノの悲歌』の全篇に流れる主旋律である。それ故、この第一の悲歌には息の根が止まるほどの至純な叫びが聞こえてくるのだ。

「美しきもの見しものは……」そのとき何か最愛のものを差し出さねばならないと、詩人は唱う。人間のささやかな営みなど一挙に焼き滅ぼされ、それを取るに足りないものとされるのだ。それならば、美とは一体何なのか。世に謂《い》う美しきものとは絵空事《えそらごと》、虚飾に近いものなのか。真の美しさとは、われわれが怖ろしさに目を覆い、思わず後ずさりして道を引きかえし、二度と見たくないと思うほどの存在なのだ。しかしリルケはそこに踏みとどまろうとする。大方の人間はそうなるまえに、美しきものをあきらめて安全地帯へとむかうのだ。しかしリルケは安住の地を捨て、生涯転々と居をかえ、孤独の旅を続けるのだ。まるで何かにせきたてられ、そこに留まっては血脈が止ってしまうかのように、家族を捨て不安定な経済生活の中で人々に手厚い手紙を書き、次のように唱うのである。

> そうだ、年々の春はおまえをたのみにしていたのではないか。あまたの星は
> おまえに感じとられることを求めたのだ。
> 過去の日の大浪《おおなみ》がおまえに寄せてきたではないか。または、
> 開かれた窓のほとりを過ぎたとき、
> 提琴の音がおまえに身をゆだねてきたではないか、それらすべては委託だったのだ。
> しかしおまえはその委託をなしとげたか。おまえはあいも変らずむなしい期待に心を散らしていたのではないか、

年々の春をおまえはたのみにしていたではないか、ではなく、年々の春はと呼びかけている。あまたの星々もまた詩人に感じとられることを求めている、というのだ。まるで逆の発想、私たちは普通春の来るのをたのしみに待っている。美しい星のまたたきを感じることをよろこびとしている。それなのに春の方がリルケを待ちのぞみ、星はリルケが歌ってくれることを期待しているのだ。道のほとりを歩いていたとき、流れてきた提琴の音をああ美しいと思うのではなく、その音色がリルケに身をゆだねてきたのだ。それは一体どういうことか。それらすべて

が委託だったとは！　自然が詩人に委託するとは！
矢継ぎ早に降りかかる疑問と矛盾に私は呆然とし、考えに沈む。何か重く深い鎖のようなものが私を捉えてはなさない。逆転の発想が底の方から湧き上ってくるようだ。たしかに人間の能力、それは時として自然を凌駕する。春を讃え、星を仰ぎみることを歌わずしてどうして花が咲きほころぶだろう。それを愛《め》でいとおしむものがなくて、どうして提琴の音は響きわたることができるだろう。人々の心に浸みわたる音楽の無量の喜びなくして、その音色は詩人に身をゆだねることはあり得ないのだ。それが委託ということなのだ。それを感受し、讃仰し、言葉を鏤骨し、捧げるものこそ詩人なのだ。その最先端に生きるリルケが、美は怖るべきものの始め、というのは正に的を射ている。併しリルケはまだその委託をなしとげていないという。むなしい期待に心を散らしていたではないかと何者かに叱咤されているように自らを責めている。そのあらがいがたい大いなる存在に対して、わが身に託されたものを渾身の文の力で果そうとしているのだ。

それにしても、あこがれに堪えぬなら、あの愛に生きた女たちを歌うがよい、
彼女らの世に聞こえた心根《こころね》はまだまだ不滅のものとはなっておらぬのだ。
あの捨てられた女たち、それは満ち足りたものたちより、
はるかにはるかに愛する力をもつ存在だったのだ、ほとんどおまえがねたましさを感ず

るほどに。
いかに頌《ほ》めても頌めきれぬ彼女たち、その頌め歌をくりかえし高らかに歌え。

あの愛に生き捨てられた女たちの、いかに頌めても頌めきれぬ彼女たちの愛をまだ本当にうたってはいない。彼女らの世に聞こえた心根をまだ不滅のものにしていないではないかと、いかに頌めても頌めきれぬ彼女たち、とはどんな女性だったのか。彼女らをあらしめることで精魂つきた自然は彼女らが塵に帰るにまかしている——とは。ここを読んだ時私にこの真意はよくわからなかった。ずっと疑問だった。愛する女性、その言葉は度々出て来る愛される女性ではなく、ひたすら愛する女性なのだ。ここに出て来るガスパラ・スタンパとはどういう女性だったのか。十六世紀に生き、イタリアのパドゥアの名門に生れ、ディコラルトという伯爵を愛し、まもなく捨てられてヴェネツィアに没した詩人である。哀切極まるソネットを唱い、愛に生き抜くことを自己の真情としてゆるぎなく貫いたという。

愛することと愛されることの両立なくして恋愛はあり得ないという常識はくつがえされ、愛するものに捨てられ、その悲痛に耐え抜き、その揚句愛するものから自由になってより豊かな実りを真の力として持ち得る女性のことなのである。ポルトガルの尼僧、マリアンナ・アルコフォラードの恋文。尼僧は恋人のシャミリー伯に捨てられるばかりではなく、その恋文をシャミリーは公表して名声を得ていたことなどを読むと、とても許せない、現代ではあり得ないことだと思うが、そう単純には片づかず、私はその後もずっと納得がいかず疑問を深めていた。純粋な一方的な愛などあり得るものだろうか。相手に捨てられようと裏切られようとそれは問題ではない。自分が真に愛したことが問題なのだと。

理性で分ろうとしても無理だ。しばしこの問題は置いておいて先へ進もう、と思ったがそうはいかない。来る日も来る日も考える。私は情熱が足りないのか、愛の真髄が分らないのか、ここを分らないままにやりすごしては先へは進めない。

『ぽるとがる文』を読むことにした。また『アベラールとエロイーズ』を読む。それぞれに感動する。文学作品としても強い力をもって引きこまれる。併しやはりそれは他人事である。自分のこととして刻印されてこないのは致し方のないことだ、と思っていた。ところがある日、ふと書簡集を読んでいた時、アンネッテコルプ宛の手紙（一九一二年、『書簡集I』三二六）に次のような文章を見出した。

「あのマリアンナ・アルコフォラドこそ、たぐいない女性です。その八通に及ぶ切ない手紙では、はじめて女性の愛が、句読点から句読点へ、なんのむだな粉飾もなく、また誇張や気安めもなしに、さながら巫女《みこ》の手になったかのように綴られています。それにしても、ああ、そのとき女心の止みがたい節操ゆえに、彼女は、その心の直線を現世で完成されたままにとどめ、さらに先へ延ばそうとはしなかったのです。人によっては、神々しいものに向かって、無限のかなたにまでもその直線を延ばしたかもしれないのですが、ところで、彼女の相手のきわめてはしたないシャミリーなる男を例にとりますと（自然は、このポルトガル女の手紙を手に入れるために、シャミリーの愚劣な虚栄心を利用したようなものですが）、「私の愛は、あなたが私をどのように扱われましょうとも、もはやそれには左右されませぬ――」という尼僧の崇高な表現からもわかりますように、その男はすでに恋人としてはそれでかたづけられ、けりをつけられ、言わば愛しつくされていたのです。（中略）男性というものは、愛の歴史において、なんと情ない役しか演じないのでしょう。男性がこういった場合に持っている強みと言えば、因習が与えている優越性くらいのものですが、その優越性をさえも男性はひどくぞんざいに身に着けているのです。（中略）このポルトガル女の場合があのようにふしぎなほど純粋なのも、彼女が、自己の感情の流れをさらに遠く空想の世界へ投じることなく、ただひたすら自己の感情にのみ堪えながら、かぎりない力でこの感情の独創性を彼女自身の内部へ引き戻すからにほかなりません。彼女は僧院で年を取ります。ひじょうに長生きしますが、聖女はおろか、立派な尼にさえもなれません。最初から神のためと心つもりしていなかった愛情を、シャミリー伯からはねつけられたからといって、いまさら神のほうへ向けるのは、彼女の非凡な分別に悖《もと》るからでした。とはいえ、このような愛の雄々しい邁進を、飛躍する一歩手まえで、停止して、内的生活のはげしい振動にもかかわらず、聖女にもならずにいるということは、ほとんど不可能にちかいわざだったのです。このように途方もなく崇高な女性だっただけに——もしも彼女が一瞬たりとも気をゆるめていたら、海に投じられた石のように、きっと神のなかへ堕落していたことでしょう。神がたえず天使たちにたいしてなさっていられるのは、天使たちの放つ光をすべて天使たちのなかへふたたび投げ返すことですが、もしも神が輿に乗って、そうしたことを彼女にたいして試みておられたならば——彼女は立ちどころにその場で、その見すぼらしい僧院で、——天使になっていたろうと、ぼくは確信しています。外見はいざ知らず、心のうちでなりとも。その深い天性の奥底で。」（谷　友幸訳）

私はこの書簡の内容がすべて分ったわけではないが、尼僧が捨てられたからといってその鉾先を神にむけず、ひたすら自己の内的生活にとどめ、遂に天使にもならず聖女にもならず、僧院に年をかさね、その境遇にふみとどまったということを理性なくして諒解することはほとんど不可能に近いことと思ったにもかかわらず、愛しつつ愛するものから自由になって堪えぬくということが実は人間の内面に存在し、驚くべきことに誰の胸にも生涯変らぬ愛をもつことができるという証しのような気がした。それは男女の愛だけではない。愛の本質はそこに尽きるのではないかと思った時、泉のように胸に湧いてくるものがあった。愛し愛されることは愛の本質ではなく、「愛する」ということこそ自己の中にはぐくみ、そだて守ることのできる唯一のもの。ちょうど張りつめた弦に堪えぬいた矢が力をあつめて飛び立つとき、矢は矢以上のも

のになるのだと。しかし愛についての本質はあまりに不可解であり、私には充分わかったとは言えない

先頃、私は小旅行の時、リルケの『若き詩人への手紙』を持っていった。フランツ・クサーファ・カプスという青年に書き送った手紙（一九〇二年から一九〇八年頃まで）である。リルケがなぜ無名の会ったこともない青年にこれほど心身をかたむけた手紙を書き送ったのか。私のようにこんな老齢になって人生の辛酸を少しは味わったものでさえ、リルケのこの手紙は何と瑞々しく直截に訴えてくるのだろう。おそるおそる未熟な体験や実社会の苛酷さや、死に直面する恐怖におののく若者がこの手紙を読んだ時、どれほどの力をあたえられるだろう。

「誰もあなたに助言したり手助けしたりすることはできません、誰も。ただ一つの手段があるきりです。自らの内へおはいりなさい。あなたが書かずにいられない根拠を深くさぐって下さい。それがあなたの心の最も深い所に根を張っているかどうかをしらべてごらんなさい。もしもあなたが書くことを止められたら、死ななければならないかどうか、自分自身に告白して下さい。何よりもまず、あなたの夜の最もしずかな時刻に、自分自身に尋ねてごらんなさい、私は書かなければならないかと。深い答えを求めて自己の内へ内へと掘り下げてごらんなさい。そしてもしこの答えが肯定的であるならば、もしあなたが力

強い単純な一語、「私は書かなければならぬ」をもって、あの真剣な問いに答えることができるならば、そのときはあなたの生涯をこの必然に従って打ちたてて下さい。」

（高安国世訳『若き詩人への手紙　若き女性への手紙』新潮文庫より）

人間はいつも受身ではいられない。受け取ったものは必ず真剣に返さなければいけない。リルケに手紙を書いた青年にこたえているこの言葉は、青年だけではなくのこされたこの手紙を読むすべての人に力強く響く。「私は書かねばならぬ」とは「私はかく生きねばならぬ」ということだ。

愛しながら愛するものから自由になって堪えぬくことを教えられ、リルケはあらがいがたい大いなる存在からお前はまだ気づかぬのかと叱咤されている。われわれは詩人を、花を愛《め》で女性を讃美する天与の才能を与えられた恵まれた存在だと思っている。しかしそれはちがう。『ドゥイノの悲歌』の冒頭で、いかに叫んだとて天使は自分の願いを聞いてくれない、もし天使の一人がそれを聞いて降りてきていきなり自分を抱きしめたら、私はその存在に焼かれて滅びるだろう、と言っている。それほど天使は怖ろしい存在であるのにかかわらず、リルケは願うのだ。上昇と下降が一挙に迫ってきて生身の人間の耐え得る限界までゆき、それを越える一瞬に、あの一行の詩が生れるのだ。すなわち天使こそおそるべき存在であり、現実の矛盾、無力、儚さに圧しつぶされ、痛切に呼び求める至高の存在、どうしても天使にたのむしかないのだ。しかしその天使に息の根のとまるほどの強靱さでリルケは抱きしめられ、死ぬしかない。にもかかわらずリルケは願うのである。

ここまで書いた時、二〇一一年三月十一日、この日春の雪の舞うこの国を信じられない大災害が襲う。

東北地方をゆるがす大地震、大津波、誰も予想だにしなかった未曾有の受難である。それに加えて最も怖ろしい原発事故、次々に格納庫が爆発し、放射能が洩れ出した。津波に流された一万余の遺体をさがし求めることさえできず、人々は家を流され、厳寒に着のみ着のまま、一文も無く、職なく、追われるように原発三〇粁以内の人々は避難を余儀なくされている。停電、断水、交通麻痺、物資不足、放射能汚染の被害はとどまることを知らない。まさにこれは黙示録的状況である。言葉を失ってこの先筆がすすまず、この何週間かをニュースを見ては胸が傷み、慟哭の思いでどうすることもできない。ここまで生きて、この世の終末のごとき大惨事に出会うとは！　何ごとかの啓示であろうか。とは言え、日本の最も犯されていない東北の神々の住まう地に洪水が襲い、忍耐づよい、情の篤い、愛さずにはいられない人々を苦難のどん底におとしいれようとはあまりにひどい！と天に嘆けども天使の声は聴こえないのだ。

この世ともあの世とも区別をもたず——天使たちは言いつたえによれば、しばしば生者たちのあいだにあると死者たちのあいだにあるとの別に気づかぬ、永劫の流れは生と死の両界をつらぬいて、あらゆる世代を拉し、それらすべてをその轟音のうちに呑みこむのだ——とリルケはすでに予言している。それを私は読み、今書いたばかりだ。現実に起るこの大惨事を、天の仕組というにはあまりに酷い。原発は人災であるとはいえ、人間の必ず犯す罪悪である。一部の人間の業ではない。あらゆる世代を拉し、それらすべてをその轟音のうちに呑み込む、ということが起きたのだ。それは天使の大きな翼が北の国をバサッと一なぎになぎ倒していったにすぎないのか。濁流に呑まれようとする男性が、おれはこれでいいからと妻の手をはなしたと今朝の新聞で読んだ。やはり天使はそれを見ていたと思う。

ひとの力では何もできない。しかし今少しずつ回生のきざしがある。人の心に芽生えつつあるもの、ちぎれ途絶えかかっていたものがつながりつつある。心を静めてリルケに向かわねばならぬ、こういう時こそ。東北の人々が耐えに耐えて礼節を守っている姿を見る。「自分よりもっと気の毒な人がいる」と避難所の老人は言う。その人間の心のひろさ、尊さに涙が出る。〝ドゥイノの悲歌〟の最中にこれほどの受難がこの国を襲うとは思いもよらぬことだった。しかし中断してはならない。今はこれしかない。私のむかうところはここしかない。これほどの亀裂が列島を貫いたのは、人智を越えた天の刑罰であろうか。物欲と利権にひた走り、今日の災害を招いた指導者とそれに従ってきたわれわれ民衆に今下っている鉄槌なのか。

声がする、声が。聴け、わが心よ、かつてただ聖者たちだけが

聴いたような聴きかたで。巨大な呼び声が
聖者らを地からもたげた。けれど聖者らは、
おお、可能を超えた人たちよ、ひたすらにひざまずきつづけ、それに気づきはしなかった。
それほどにかれらは聴き入るひとであったのだ。……

声がする、声が、聴け、わが心よ、巨大な呼び声が、と烈しく呼びかけられる。今まさに未曾有の苦難を受けているこの国の人々に自然が呼びかけているような気がする。巨大な呼び声が聖者らを地からもたげた。けれど聖者らは、おお可能を超えた人よ、ひたすらひざまずきつづけ、それに気づきはしなかった。それほどにかれらは聴き入るひとであったのだ。神の召す声に、と言う。さらに地をもたげ、地を裂き、波を逆まかせ、人々の故郷を町々を一挙に呑み尽した大転動は一体何を現わすのか。ひたすらひざまずきつづけ、それに気づこうともしなかった無垢の民、それほどにかれらは聴き入るひとであったのだ。それは今テレビにあらわれる東北の苦渋と絶望に打ちくだかれている人々、老人の顔に見る思いがする。何を聴けというのか、濁流に呑まれたわが肉親に！　堪えられるものではない。それが神の召す声というのか。二週間前のこの災害を知らぬ時は、この詩を平静に聴けたかもしれない。併し今はすべて東北の人々に襲いかかる巨大な哀しみに塗りつぶされて平静に聴くことができない。

神の召す声に堪えられようか。いや決して堪えられようというのではない。しかし風に似て吹きわたる声を聴け、というのである。今の私たちにかろうじて出来ることは、聴け、わが心よ、と冷静に時を待ち、時を越えて耐えることしかない、どんな時もわが心にむかって聴くことしかないのかもしれない。あの若い死者たちから来る呼び声、幼きもの、老人たちの絶えることのない呼び声がおごそかにおまえに委託してきたではないかと。かれらがのこされたわれわれに何を希むのかと。かれらはただ流されただけではない。無念の思いはやがて転生してより力づよく呼びかけてくるかもしれない。悲運におしつぶされてはならない。かれらがのこされたわれわれに委託したこと、それはかれらの精神を悲劇から抜きとり、純粋な働きとしてこちら側に呼びかけ両者が結ばれることではあるまいか。それを死者たちはのぞんでいるのだ、と目の前に起った事実を前にして私は実感している。このように力づよく詩が呼びかけてくるとは思わなかった。すでに詩の枠を越えてこちら側に迫ってくる。

もとよりただならぬことである、地上の宿《やど》りをはや捨てて、
学び覚えたばかりの世の慣習《ならわし》をもはや行なうこともなく、
バラの花、さてはその他の希望《のぞみ》多いさまざまの物に、
人の世の未来の意義をあたえぬことは。

…………（中略）…………

つまりはこの夭折《ようせつ》の人々もやがてはもはやわれわれを必要とはしないのだ、
みどりごがいつしか母の乳房《ちぶさ》を離れて生《お》い育ってゆくように
死者たちもしずかに地上のとらわれから遠ざかる。しかしわれわれ、
大いなる秘儀を必要とし、しばしば悲しみから
よき進みへと踏み入るわれわれは――はたしてこれらの死者なしで在ることができよう、、、か?

もとよりただならぬことである。実にこの言葉が実感として迫ってくる。東北地方のみならず日本全土を、ひいては世界中を今、ただならぬ事態が覆っている。詩人はすでにそのことをここにうたっている。未知の到来を告げている。このような未曾有の大変事を目前にして思うのではなく、平時にそれを感得しているということは人間存在自体が一寸先に今この時にもそのただならぬことに曝されていることを見抜いているからである。

生存と死と共に現世に生きる。地上の宿りの一切を捨て、学問も快楽も、人との交わりも、すべてが木の葉のようにバラバラに飛び散って、死の国へ入ってさえも労苦があり、努力にみちているという。人間は何のたよるところがあろう。この第一の悲歌にただよう並々ならぬ悲痛の叫びはもはやたのむべき何ものもないはかない存在であることをはっきりと告げている。天使にもたよれない、まして人間には。それならばどうしたらよいのか。

リルケが天使との隔絶を知った時、人間の側から一方的にたよることを止めて、そこに委託という精神の拠点《よりどころ》を発見したのではないだろうか。はじめて自覚した委託という発想は、何者からかの声である。呼び声である。それは天の声であるとともに死者たちの声である。悲痛の極みに生を断たれた津波に呑みこまれた人々の声であり、夭折した人々、愛に生き、悲恋に散った女性たちの声である。詩人がそこに目覚めた時、死は決して一部ではない。一貫した全世界そのものである。悲運などあり得ないのだと、すでに人間は無常の中に生き、その儚さは必定であるならば、そこから詩人は唱うしかないのだという認識にたどりついたのではないだろうか。そこに生きる根拠を見出した時、死者たちからの声が、逆に生者をはげまし、この悲歌十篇の全ての仕事を詩人に果させることになったのではないだろうか。もし秘儀ということがあるならば、それは決して生者の領域からではなく、目に見えぬ世界をこの世にあらわしめようとする意志が詩人に託された仕事であり、詩人ひとりにのみ託されたのではなく、詩人をとおして、ひとりひとりの人間に託されているものであると思う。

第二の悲歌

（一九一二年一月〜二月　ドゥイノにて成立）

すべての天使は怖《おそ》ろしい。けれど、ああ、わたしは、
おんみら天使よ、ほとんどわれらの命をも絶《た》つべきおんみら「魂の鳥たち」よ、
おんみらにむかって歌う、おんみらが何かを知るゆえに。天使と人とがしたしく交《まじ》わっ
　たあのトビアスの時代はどこへ去ったのか、
あのとき至高の輝きをもつおんみらのひとりが、その装《よそお》いはやや旅人めき、
畏《おそ》るべき威はやわらいで、質素な戸口にたたずんだのだ。
（好奇の眼でトビアスが見やったもの、それは青年に向きあう青年の姿であったのだ。）
けれどいま、もしもあの大天使、危険な存在が、星々のかなたから
ほんの一足われらにむかって歩み寄るならば、たかくたかく
鼓動して、われらの心はわれら自身を打ち砕くであろう。天使よ、おんみらは何びとな
　のか？

ふたたびリルケは天使はおそろしいと言う。いかにおそろしい存在であろうと、天使らが何かを知っている故にたのむしかないのである。天使にむかって唱うしかないと言う。かつて私たちは天使をおそろしいどころか優雅さの権化のように慕っていた。しかしそれは、ただの優しさではなく、ある時、ある瞬間にうち落される翼の烈しい羽音を聞いたような気がする。若い時、ある事に熱中して我を忘れ、ある境域をまたごうとした時、目の前に白い紐のような鎖が下りてきて私を縛るかの如く巻きついてきた。慄然として足がすくみ、これは天使の戒めだと直感した。もしその時、先へ進んでいたら天使は命を断つべき「魂の鳥」になっていただろう。いついかなる時も私を見ているのだと思った。

「おんみらは何かを知るゆえに」と、その実体を知ればおそろしいのだ。昔、ある禅僧の書かれたものにこんな一文があった。

「あるところにどこから見ても非の打ちどころのない立派な人格者がいて、為すことすべて神の意にかなうものなので、神はその人に何か褒美をあたえようと思い、天使をつかわして「何でものぞみのものをかなえてあげよう」と伝えた。しかしその人は「私は何ものぞむものはありません」と言う。天使は「のぞむものはないかもしれないが何か知りたいことはないか」と問うと、その人はしばし考えて「知りたいことはありすぎて答えようがない」とさんざん悩んだすえ、「知りたいことがたった一つある」と答えた。天使は、それは何かとたずねると、「自分です」とその人は言った。天使はおどろき、たじろいでしばし黙していたが、「それだけはいけません、お見せすることはできません」と言うと、その人はますますつよく希んでどうしても見せてほしいと言う。天使はその熱意にあらがえず、心をいためたが、よくよくの希いであるとわかったので、意を決しその人に自分を見せた。一瞬その人は怖ろしい声をあげて地に倒れた。天使はすぐ抱き起こそうとしたが、その人の息はもう切れていた。」

と言うのである。この世には見てはならないものがある。それが自分だということは今存在する自分の命の根元を断ち切らねば見ることはできないということだ。生きて自分の顔を見ることができないように。真実こそは怖ろしい。それは天使のことである。

しかしここにトビアスの物語がある。天使と人が親しく交わったあの時代だ。聖書の外典の中にトビアス書というのがあり、老人トビアスは神に仕え信仰のゆるぎない人だった。貧困と病苦に悩まされ、息子のトビアスに遠い国に昔貸した金を返してもらうようにと息子を旅立たせる。するとそこへ、天使ラファエロが同じような美しい青年としてあらわれ、共に旅をして無事トビアスに目的を果させて送りとどける。

「かくて若きトビアス立ち出でたるに、美しき若き男、すでに旅衣着て旅立ちの用意具えて立てるを見たりき。トビアスは神の使なるを知らずして挨拶して言えり、良き若者よ、いずこより来りしか……」と。

トビアスは天使と知らずして共に旅する。――信じて疑わぬ心の持主、そんなところに時として天使はあらわれ、役目を果して消えてゆく。おそらく天使がもっとも天使らしく人間に近づいてくれる時なのだろう。しばしば幼子の上にも訪れているように。

しかし現代はまず信じることより疑うことを学ぶように出来ている。学校教育、社会、すべてにはりめぐらされた知識の網、どこへものがれようのない合理主義の柵の中に閉じこめられ、常識とか教養の甲冑《かっちゅう》を着せられる。天使と人間の隔絶はリルケの時代よりも想像を絶するほど深く、今回のような原発事故を思えばほとんど絶望的である。しかしこういう時代であればこそリルケのように痛切な思いをもって天使に呼びかけなければならない。もうとりかえしがつかないとあきらめてはならない。むしろ平和な時よりもっと身近に天使は存在するのではないか。何とかして人類の悲惨を救いたいと近づいてきてくれるのではないか。どうか日本を！思わず叫びたい。どんな苛酷な地獄のような事態になっても、人間は立ちむかう勇気をもっている。今そのことを東北の人々、原発の中で働いている人々の中に感じる。このような大惨事を目前にしてこの悲歌を読むとここに確かな叫びが感じられる。以前読んだ時と全く違うのはなぜか。何かが近づいているという切迫感、人類の終末か、それは分らない。しかし今が黙示録的状況であることをはっきり感じる。われわれが究極の破滅にむかっていればいるほど、思いは凝縮され、祈りは高まり、純乎とした人間に近づくのではあるまいか。こんなにも日本の国をいとおしく思うことはない。この緑なす列島の四季を彩る山川草木、それを愛《め》でこの国の類稀《たぐいまれ》な麗しい文化を守りたいという気持が湧いてくる。こんなことは私の生涯でも今がはじめてである。あまりにも深刻な危機をまだ多くの人は知らされていない。いずれ分ることではあるが、その日まで知らない方がいいのかとさえ思ってしまう（どうして天使らがかかる微小なものに心を止《と》めようぞ）。

古代も今もかわりない。けれどわれわれはいまはもう、古い世の人々のようにその心情を
しずかな形象《かたち》に化して眺める力をもたないのだ、それをなしうるなら、心情の激越をやわらげることもできようのに。それを気高《けだか》い
肉体につつむことができるなら、その節度のうちに心情はもっと偉大なおのれ自身を実現することができようのに。

豊穰の年の葡萄のようにいよいよ熟れまさる男女の愛をあなたたちはしっかり証明《あかし》することができたのか――時として身も魂も溺れるほどの歓喜を味わい、永遠をさえ期待したあなたたちが次第に崩壊の時を持ち、純粋な持続はその愛の頂点にしか存在しないことを身を以て知らねばならぬ時が来る。

人は過ぎ去った歳月にどれほど惨酷な苦汁を味わったことだろう。愛の破滅はあまりに歴然

とやって来る。その悲哀に打ち砕かれたことのない人はいないだろう。ある日突然目の前の扉が閉ざされ、すべての人が後を向き、自分ひとり荒野に立たされた思いがする。愛する人に裏切られた時、すべてが崩壊する。今遠く去った若い日のことを思い浮べると、体の半分を失ったような虚脱感のうちにどんなに高ぶり、おごり、思い上っていたかを同時に感じる。自分の中の巨大な塊が音をたてて崩れてゆくのを感じた。崩れてゆく自分の中にそれを冷静に見つめようとする新しい自分が芽生えてきたことも今思い出すのである。

「愛する女性」では決してなかった自分も、そういう愛のかたちをどこかで見失わず、心のもう一つの部屋の片隅にかたく守っていて、仕事という自然の営みの中にはぐくんできたような気がする。夭折する魂はいつか生者を必要としなくなり、母親の乳房からはなれて、生い育ってゆくという。死者たちがしずかに地上のとらわれから遠ざかってゆくのを見守ることが私の仕事の中でも成熟していったような気がする。

思えば六十幾余の歳月が経っている。リノスをはじめ夭折した人々の俄かの旅立ちに空間ははじめて愕然とし、そこに生じた空無は、その驚きからあの妙なる顫動に移り音楽が生れたという。そのことがいまわれわれの魂を奪い、なぐさめの力を添えてくれたとリルケが唱っている（第一の悲歌）。こういうことが何がなしに身にふるえるほどわかってくるのも歳月の絶えまない働きのおかげであったろう。第一の悲歌はあまりに壮大で理解を超越しているが、こうして第二、第三と読みすすむうちにそこに込められているものの秘儀が少しずつ解きあかされてゆく。夭折の魂を背負って生きてきたという思いが解き放たれ、かえって悲運ではなく必然の生を生き、芸術という仕事にむかう力をあたえてくれたことを思うのである。こうして仕事を続けさせてくれたことも含めて死者の思いを熱く受けとめている。

第三の悲歌

（一九一二年初め　ドゥイノにて開始　一九一三年晩秋　パリにて完成）

愛するものを歌うはよい。しかしああ、あの底ふかくかくれ棲《す》む
罪科をになう血の河神をうたうのは、それとはまったく別なことだ。
恋する乙女《おとめ》が遙《はる》かから見分けるいとしいもの、あの若者みずからは、
その悦楽の王について何を知ろう。しかもこの暴主は、しばしばその孤独な若人《わこうど》の内側
　から
乙女がこの愛する者を和らげうる前に、ときとしては彼女さえ存在せぬように、
ああ、いかに奇怪なものをしたたらしながらその巨大な頭をもたげたことだろう、

…………中略…………

母よ、あなたがささやかなかれをあらしめたのでした、かれをはじめたのはあなたでし
た。
新しい存在としてかれはあなたに護《まも》られました、あなたはかれのその新しい瞳《め》にうなず
　きかけながら、

やさしい愛の世界として身をかがめ、異種の世界の脅威をふせいだのでした。
ああ、あなたがほっそりとしたそのお姿をみせるだけで、
沸《わ》きたちかえる混沌《カーオス》もかれには手をつけることができなくなったのです。ああ、あの歳《とし》月《つき》はどこへ去ったのでしょう。

……中略……

あなたが燭台《しょくだい》の灯《ひ》をはこんでこられると、闇《やみ》の中に光がおかれるというよりは、
わたしのそば近くにあなたの存在がともるのです。そしてそれは親しみにみちて輝きつづけてくれるのでした。

烈しい風に追いたてられるように一気にこの第三の悲歌を読み終え、ここに何を語り訴えようとしているのか、私には理解しがたかった。何度も読み、詩を写しとって何とかわかろうと願ったが、根本的に自分が東洋人であり、女であることが災いしてか、この堅固な城壁に立ち向うことができないことをさとるのみであった。併し、ここまで来て踵をかえすことは絶対にできない。何とか自分の拙い理解力を駆使してでもここを読みといて通過しなければならないのだ。そう思って何度か読みかえすうちに次第に氷が溶けてゆくように自分という立場を越えて、女であり母であることの以前に人類の宿命的な血と性愛、男性のもつ得体の知れない衝動力とその暗黒面を凝視しなければならないことに思い至った。これはヨーロッパ人の古代から

の考え方であろうが、あの底深くかくれ棲む罪科をになう血の河神《ネプチューン》が怖ろしい大戟《おおぼこ》をふるって巨大な頭をもたげてあらわれる。そこに立ちむかう男性はいとしい恋人に惹かれるばかりではなかったのだ。若者の眉の弧線が期待にみちて美しく張りつめられるのは、きよらかな乙女でも彼の母でもなかったという。もっと古くからのつよい衝動が触発され彼の中に殺到してきたものがある。彼はその重圧の鎖を断ち切って懐かしい乙女の心にすがろうとしたが、彼は自己をとりもどすことができなかった。母親がどんなに彼を庇護し、異種の世界の脅威から脱出させようと力をつくしてこころみたが、たしかに彼は安心して母のふところで瞼をとじ、その甘美なやすらぎに身をまかせようとしたのだが、彼の奥深い内部では怖ろしい夢にまきこまれ、呼吸もふさがるほどの心象の蔓草にからまれ、野獣のような疾駆する形姿に身をゆだねて、しかもそれを愛したというのだ。さらに自身の根に沿って進むうちに怖ろしい怪獣があらわれ、その怪獣はめくばせして微笑をおくってきた。その微笑は母にさえも見せたことのない甘い微笑だった。そして彼はその怪獣を愛さずにはいられなかった。なぜならその怪獣は胎児の彼を浮べているときの胎液にすでに溶けこんでいたという。だからわれわれの男女の愛はそう単純なものではない。野の花のようにたった一年で愛が育つものではない。われわれの肢体には太古から樹液のようにみなぎりのぼってくるものがあるのだと。そのことだ。愛し合ういのちのうちには生れいづるただひとつの存在ではなく沸騰した無数のものたち——太古からの数知れないこの世を去った人々の感情がほとばしり若者の血管のうちに燃えさかるのだと。このことが乙女の愛より前に存在していたのだ。だからこそ昏迷した若者にやさしく、ひそやかに愛をふりそそぎ、暗黒の夜の重みに打ち克つ力をあたえ、彼を平和な園へみちびいてゆけ、と唱っているのだ。

この詩には私などに理解しがたい河神や怪獣や異様な世界があらわれ、戸惑いを感じながら、我々人間の生誕の秘密は古代からの不可視の世界の混沌とした生死の渦巻の中に数知れぬ人間の愛欲、殺戮《さつりく》を呑みこんで今日《こんにち》のわれわれが誕生したのだ。女性には不可解な男性の野獣のような烈しい衝動が幾多の戦争を生み、権力と没落の悲劇をくりかえしてきたことを思えば、この第三の悲歌がようやく身に迫ってくる。今、日本を襲っている原発の悲劇も男性のこうした測り知れない野望の象徴ではないだろうか。どうして女性がこのような発想をするだろう、子を産み育て平穏のみを願う女が！ しかしその女性の胎内にすでに怪獣がその胎児を浮べる羊水に溶けこんでいた、とは何ということだろう。古代からそれはさだめられていたことか。「おお、乙女よ、このことなのだ、愛しあうわたしたちがたがいのうちに愛したのは、ただ一つのもの、やがて生まれ出ずべきただ一つの存在ではなくて、沸騰《わきた》ちかえる無数のものであったのだ。それはたったひとりの子供ではなく、……父たちなのだ、過去の母たちの河床の跡なのだ、――。……音もなくひろがる全風景なのだ。このことが、乙女よ、おんみへの愛より前にあったのだ。」と。

しかも女は知らぬ間に若者の内部に太古の誘いを揺り動かしたのだ。先の世の女たちの嫉妬、過去の男たちの暗欝な情熱、死んだ子さえ目を覚ます——と。男たちだけの問題ではないのだ。子を産み育てる女性にのみ託されていると単純に考えてはならない。すでに女は知らぬ間にそういう男性を愛し、男性の烈しい愛欲や権力におのれをゆだねていたのではないか。この悲歌は決して男性の野獣性のみをうたっているのではない。むしろ人間はその根源において罪障を担い、闘争に突き進む男性を産み、愛してきた女性が、その昏迷から目を覚まさせ、暗黒の夜々から彼らを救い出し、日々の暮しにいそしむことをやさしく導いて行ってくれ、とリルケは唱うのだ。まさしくそのことなのだ、再三再四読むうちにようやく気づくことが出来たのである。すでに女性の胎に宿る命は、逃れがたい罪障を担って生れてくるに違いない。しかしどのようなことがあろうとも男性に灯をともすのは母親の存在なのである。

第四の悲歌

（一九一五年十一月　ミュンヘンにて成立）

おお　生命の樹々《きぎ》よ、おお　冬さるるはいつ？
われら人間は大いなるものと一つに結ばれていない、渡り鳥にも劣って、
それとの心の通いがない。追いぬかれ時を失して、
われわれは唐突に風に押し乗ろうとし、
そしてよそよそしい池へ落ちこむ。
開花する、凋落《ちょうらく》する、この二つは同時にわれわれの意識にやどる、
いま獅子《しし》らは原野《げんや》を闊歩《かっぽ》し
熾烈《しれつ》の生のつづくかぎりは衰滅のあることを知らぬのに。

この第四の悲歌を読む前に、当時、リルケはどのような状態にいたのだろうと思った。というのは、当時すでにドゥイノを去ってミュンヘンでこれを書いている。不審に思ってその頃の書簡集と年譜をみてみると、一九一五年六月にドゥイノの館が第一次大戦によって砲撃をうけ

破壊されているという。徐々に身近に迫ってくるただならぬ戦雲をリルケはどのように味わっていただろうか。ドゥイノの館の破壊を知ってリルケはタクシス夫人への手紙の中で、「親愛なる侯爵夫人、もしも私が『悲歌』をすべてドゥイノで書いていたら、それはいまあるのよりはずっと美しいものになっていたことでしょう――（ああ、これらのすべて取り返しのつかないことは！）。なんという重みが、なんという責務が、いまや少しばかり生きのびている事物《もの》のうえに落ちかかっていることでしょうか。」と書いている。

この一、二年の間にリルケの中に重大な変化が生じたことはたしかである。この前年にルー・ザロメに宛てて長い手紙を書き送っている。激しい恋愛にやぶれ、深く傷ついたリルケはまるで母親に救いを求めるようにルーに心情を吐露しており、男性の得手勝手な甘えが感じられなくもないが、その衝撃に萎《な》えしぼんだ本性が次第に立ち直り、何とかこの機に必死に新たな境地を見出そうとする本来の詩境が感じられる。常にどん底に陥った時に手をさしのべてくれるルーという理解者が存在し、再びこの悲歌を生み出す原動力となっている。この悲歌を書く前年の一九一四年六月にパリからルーに宛てて次の詩を書き送っている（『書簡集II』三七七）。「ここに一篇の奇妙な詩があります。けさ私が書いたものですが、いますぐお手もとにお送りします。というのは、私はこの詩を思わず知らず「転向」と名づけたのですから。そしてこの詩は私が生きなければならないとしたら、当然現われねばならない転向を述べているのですから」といい、次の詩を送っている。

転向

親密から偉大に至る道は犠牲を通っている　カスナー

久しく彼は捉えていた　見ることで物を
彼の闘いいどむ仰視のもとに
星たちはその膝を屈していた
または彼が跪坐して見つめると
その切なる熱情の息吹きに
神なるものも疲れはて
眠ったままで　彼に微笑《ほほえ》みかけてきた

彼の凝視に
驚きおそれていた塔を
彼は眼で　たちまち一息に　また建て直していた！
けれども　日暮れなぞ　昼間の
過剰な重荷にあえぐ風景が

なんとしばしば　彼の静かな視覚のなかに休らったことだろう

……（中略）……

もはや眼の仕事はなされた
こんどは心の仕事をするがいい
おまえのなかの物の姿　あの捕われた物の姿によって。なぜならそれらは
おまえがとりこにしたものでありながら　さて　おまえはそれを知ってはいないからだ
内部の男よ　見るがいい　おまえの内部の少女《おとめ》を
幾千とも知れぬものから
おまえが捉えたこの少女《おとめ》
このやっと捉えたばかりの
まだいちども愛されたことない少女《おとめ》を

（富士川英郎訳）

この詩はその時、リルケにとって生きなければならない運命線上に必然としてあらわれた「転向」だったのである。第四の悲歌を書き上げた翌日（年譜によれば）一九一五年十一月二十四日、ミュンヘンで検査を受け国民軍に編入される。その翌年の一月から兵役に服し、六月に解除される。そのうえパリの宿においてあったリルケの持物が競売に付せられたり、身辺は想

像をこえる激変のさなかでとても詩作に向うことなど不可能だった。インゼル書店のキッペンベルグ夫妻の奔走によってドイツの文化人の署名を求め国防省に嘆願書を提出してようやく兵役をのがれることが出来たのである。詩人が最も求めるものは、みなが平静の中につつましく暮すことであり、リルケのような人がペンを銃に持ちかえることはあまりに困難であった。

われわれ人間は渡り鳥より劣っていて、追い抜かれ風に吹きまくられて池に落ちこんでしまう。一つの事に心をついやしていると他の事はどこかへ飛んでいって思いがけぬ断崖の際に立たされている。むしろ人形の方が充実している。物言わぬ人形に真実の姿を垣間見る。だから堪えるしかないのだ。たとえ劇場のランプがすっかり消えても私は踏みとどまり、ひたすら凝視しようと。そして「転向」の中でさらに、「見ることには限界がある、よく見られた世界は愛の中で栄えたいと願う、もはや眼の仕事はなされた、こんどは心の仕事をするがいい」と言っている。かつて『マルテの手記』の中で、「僕はまず見ることから学んでゆくつもりだ」と言い、実に見ることに徹していた。病人、貧しい人、死に追いやられる人、妄想に悩む人、パリの町の裏の裏まで見すぎるほどに見つめてきた。それは見るということに愛がかよわなければ全く無意味なのだ。見られたものはそれによって栄えてほしい、愛の中で栄えてほしいと願う行為なのである。リルケはマルテの中で実によく見てきた。そして十年余り経って、今、見る仕事から心の仕事へと転向しようとしているのだ。

この第四の悲歌も非常に難解である。まず日本語に訳された文章を理解することからして難解である。それには熟読し、前後の文章をできるかぎり心を柔軟にして内面へと取り入れねばならない。逆説があり、譬喩《ひゆ》があり、飛躍があり、時として翻弄される。しかも異国の文章である。原文を読むことのできない哀しさ。母国語ならば何となく以心伝心、字面からでも独特のニュアンスを掬《く》みとることができるのにと嘆かずにはいられない。しかし、私ごときが安直に解釈したり、中核の重大な思想をとらえきれずに曖昧に進んでしまうことの危険を思うと思わず進退窮まるのである。が、ここに至ってもう一度思い直し考えてみようと思う。

リルケはこの章で何を問おうとしているのか。最初に、人間は大いなるものと一つに結ばれていないと言う。渡り鳥にも劣っていると。動物は自分と世界とを対立させたり、それを意識したりしないので自分がこの世界の中に存在することさえ自覚しないのに対して、人間は世界を瞬間瞬間で意識し、自己と対立せずにはいられない。動物は世界の中に存在する、人間は世界の前に立っている。いつも世界というものを眼前に意識して生きている。その主客の対立と葛藤の中で次第に分裂し、幕のあがった人生（芝居）の中で虚しい隙間風が吹き、ひとりひとり祖《おや》たちさえ立ち去ってゆく。最後のやぶにらみの少年まで消えてゆく。その時、彼はひたすら踏みとどまって凝視する道を選ぶのだ。それが「転向」である。

久しく彼を捉えていた、見ること、その凝視を貫くことによって、決して一筋縄では解読できぬ硬質な噛み砕くことのできないほどの意志が時折光を放ち、それが逆に彼の内面の本来の純粋な幼児のような天与のものとなって天使をも現出させることになる。彼の凝視が呼び出さずにはいられなかった天使と人形、そのとき演戯は現前し、分裂は合体へと結ばれ、われわれ人間の四季のめぐりははじめて全き運行の円環となる、と言う。あの幼年時代、太古から純粋な在り方のために設けられた一つの場所、幼きものの死、かくもやわらかく内につつまれ、恨みの心を一切もたぬ幼いものの全き死、それはもう言葉にも尽くせぬ詩人の最も願い愛した世界なのである。

彼が闘いいどむようにして捉えた凝視のもとに、星たちはその膝を屈し、神なるものも疲れ果てて――とは何というすさまじい凝視であろう。さらに彼の凝視をおそれ驚いていた塔を彼は眼で忽ち一息に建て直したとは！　全く信じられないことであるが、よく見られた世界は愛の中で栄えたいと願うという。それは私にも信じられると思う。愛の中で見守られたものが栄えたいと願うのは物と人間の心の交流である。もはや眼の仕事はなされた、こんどは心の仕事をするがよいと。

「転向」の中で乗り越えようとしたただならぬ凝視の力は、一見、繊細で苦しみにあえぐ生身のリルケのような人間が、ひとたび詩の中で叫ぶ声は凄《すさ》まじく、天使をも呼び出すほどの超越的な精神を発揮し、そういう故知らぬ力が私のように難解だと手放そうとするものをも絶対的な力でつなぎとめる。それが本当の詩の力かと思う。天使は言う。「死へあゆみつつあるわれら人間よ、われらがこの世でしとげるすべてのことは、いかに仮託にみちているかを、われらは思い知るべきではないか」と。たしかにほとんどもれなくすべて人間は仮託にみちた人生を送り、それすら無意識にこの人生をおくっている。どんなに世界内面空間から遠いところに住んでいることか、それすら気づかないわれわれである。それならば世界内面空間とはいかなるところか。

哲学者は形而上的に解釈するだろうが、私はこの第四の悲歌の中にすべて言い尽くされているような気がする。ひいてはリルケの詩全体でその世界を表出していると思う。彼の凝視に驚いていた塔を忽ち一気に建て直したというところを読んだとき、あまりに唐突で信じられないと思ったが、その時私の瞼に塔が浮んできた。法隆寺の塔のような美しいゆるぎない塔はよく見られることによって、愛によって栄えてゆく、決して滅びないと。私たちの心の中には必ずその塔があるはずだと、自分自身で建て直すことすらできると。何か大いなる存在、魂をゆるがすようなことに出会った時、思わずわれわれは世界内面の空間にいる。そこで思いを深め、苦患し、人間の存在の深淵を見たとき、はるか彼方のほうから天使の翼の音をきき、思いがけず世界の内面へ誘われてゆくのだ。その時実世界は遠のき、全く別の時間が流れているだろう。今は一刻でも長くそういう時を持ちたいと願うが、時は容赦なく現世の煩雑な渦の中に巻きこまれて見失ってしまうのだ。

リルケは当時、徴兵として検査を受け戦時下の任務に服さなければならなかった。そんな中で必死に願ったことは、この身にのこっている詩作への熱い思いが消えぬうちに、舌の上にその味がのこっているうちに、全く不向きなこの任務から解放されたいということだった。その頃リルケは大きな転向の時機をむかえ、視るから凝視の世界へ、そして心の仕事へと移っていったのだ。

「ものたちをよく見ることで愛は栄えるようにと願う」という言葉を私ははじめて知り、今まであまりにも見ることの深さ、限界を知らなかった。個を越えて純粋にものを見ることが祝福につながってゆくこと、普遍的なものの見方が生れ、それが愛であること、リルケを本当に理解したいと願うならばもう一歩足を踏み入れ、別次元で物を凝視《みつ》めることをしなければならない。自分がいつまでもこの地点にとどまっていてどうしてわかるだろう。文字は平気で嘘をつき、いかにも分ったようなことを書く怖ろしさ。この悲歌を読むうちに詩人が強靱な精神の力で少しずつ高みへと登ってゆくさまがよく分る。リルケはもはや世界内面空間において天使との触れ合いがなされ、その次の瞬間あっという間の隔絶に出会うであろう。悲歌の完成を願って祈るばかりだ。どうか、御力を。

第五の悲歌

（一九二二年二月　ミュゾットにて（全悲歌中最後に）成立）

ヘルター・ケーニヒ夫人に献ず

だがいったいこれはなにものなのだ、この渡り歩きの者たちは、わたしたち自身より
なおすこし果敢《はか》ないこの一むれは？　一つの意志が、早くから
つかみかかってかれらを揉《も》む、それはたれに、いったいたれに仕えてか、

一九一五年六月から十月中旬までリルケはヘルター・ケーニヒの留守宅に宿泊し、ピカソの傑作（軽業師《サルタンバンク》）を毎日眺め暮していた。この絵の中にはパリが満ち溢れているので、しばらくは何もかも忘れることができると、タンマルク宛てに書いている。リルケは時々パリの街角などで大道芸人の前に立って熱心にみていたというが、このもの哀しい一座につよく心を魅かれていたのだろう。後年のピカソの絵とはちがい、この青っぽい色調の漂う旅芸人の一人一人に身を引き寄せ合うようにして描いたピカソの心情が伝わってくるようだ。

今までの悲歌とはちがってそのものの描写がかなり強烈である。目の前に小さな男の子の体がかたい果実のように落ちてきてそれを何遍も何遍もやらされる切なさ、擦り切れた毛氈に宇宙から落ちてくる捨て雑巾、見せかけの笑顔、めったにみせぬ母のやさしさを求めてあてどないその日暮らし、一旦この世に生れ出てみれば生きてゆくことの仮借ない道のり、人はみなある種の大道芸人である。仮に自分のやりたい仕事をあたえられたとしても、そこに自己というのがれようのない親方がたえず目をひからせ、怠ける自分に鞭打ち、必死で芸を仕込ませる。ふりかえれば人はみなサルタンバンクではないだろうか。いつも息せききってやすまることのない心《しん》の臓《ぞう》、足裏の焼けつく痛みは生あるかぎり続くのだ。それでもわれ知らず笑みを浮べて人に接する——この日常を体験しない人はいないだろう。

いつも深く秘められた、われらの知らないかれらの最後の所持金、
永遠に通用する幸福《さち》の貨幣を、そのわざを頌《ほ》めたたえて惜しみなく投げあたえるだろうか、
いまや安らぎをえた毛氈の上についにほんとうの微笑《ほほえ》みをみせている
二人の前に？

この六人の軽業師の家族をかこむ一種名状しがたい空気に包まれてこの悲歌の「いとしい少

女よ」という箇所を読んだ時、ある情景が思い出された。インドを旅行している時だった。シャンチニケタンからカルカッタへ向う列車の中に、突然一人の少女があらわれ、狭い通路で踊り出した。黄色の透けた服を着て足に鈴をつけていた。踊るたびにシャンシャンと鈴が鳴り、何とも物哀しい少女の顔はあきらめの深い表情だった。感情を決して表にあらわさず、澄み切った瞳は誰の顔もみず、宙を見つめているようだった。あの黄色の服や縁飾りは少女の代りに虚しい幸を唱っているのか、踊るたびに奏でられる足の鈴は何か哀感をそそられるばかりだった。

列車を下りれば親方の厳しい眼が少女の手から僅かの金を奪うだろう。インドにはバウルという吟遊詩人がいると聞いていた。旅の間出会いたいと願ったが果せなかった。この世にあって何の保証もなく家もなく旅から旅へその芸を披露して歩く人々の群を旅の間に多く見た。この悲歌を読み解くまでもなく人々の内に巣食う放浪の辛苦はリルケの内奥に深く訴えてくるものだったろう。ピカソのこの絵にそれを感じ、夫婦と三人の子供、老人、小さい男の子と女の子がなぜか一番よく運命を察知してけなげに生きている。この第五の悲歌は全悲歌中、最後に出来上ったものだというが、この悲歌の底流に響く人間の儚さが全編を通して感じられる。身分階級の一番低い社会に生き、明日という保証のない人々の「どこでもない場所」、いったいこれは何者なのだと最初に問いかけ誰に仕えるでもなく自由でありながら、揉《も》まれ、ねじられ、ふりまわされ、からみ合う宿命の一団、油じみて擦り切れた毛氈の上に落ちてくる捨て雑巾、ただ技倆だけは磨かれてゆく。それは何か空しい死者たちの前に見事になしとげられる技だけなのだろうか。その技を頌めたたえ、惜しみなく永遠に通用する幸福《さち》の貨幣を投げあたえる。いまやようやくやすらぎを得た毛氈の上にほほえみをみせる軽業師の家族の上に。

第六の悲歌　（一九一二年二月　ドゥイノにて芽生え　一九二二年二月　ミュゾットにて完成）

いちじくの樹《き》よ、すでに久しい以前からおんみはわたしに意味深いのだ、
いかにおんみは花期をほとんど飛び越えて、
遅疑することなく決意した果実のなかへ、
世の声高《こわだか》い賞讃《たたえ》もうけず、おんみの清純な秘密を凝集《ぎようしゆう》することか。

いちじく―無花果と呼ばれ、花の姿を遂に見ることなく実をつける。思えば幼い頃から、いちじくは常に無縁ではなかった。大きないちじくの木の下でその葉を浮べて温浴をしたことを憶えている。霊薬のように言われて体の弱かった幼い頃よくその湯にひたり、その香が身にしみこむようだった。後になってこの樹が精力が強すぎて庭の中に植えるのはよくないといわれて抜いてしまったことがある。たしかに私にとっていちじくは意味深い。しかもその実はほの甘く香り、舌ざわりが微妙である。聖書にも出てくる東西にわたって古い樹なのだ。なぜこの第六の悲歌にいちじくがうたわれているのか。声高な賞讃もうけず、地味な果実ではあるが清

純な秘密を凝視している。そのしなやかな枝、樹液が上へのぼり、下へ降り、最後には花咲くことなく果実の内部へ潜入する。そしてここでもリルケの想いは英雄と、うら若くして彼方へ行くべく定められた者たちへと連なってゆく。英雄は絶えず上昇をのぞみ、われわれの希む世界とは異なる不断の危機の星座の中に踏み込んでゆくのだ。そこには持続はなく、暗欝な沈黙を打ち破って、疾風怒涛の勢いで突き進んでゆく。もし少年にもどれるなら、もう一度高まる憧れにこの身を貫いて生きたいものだ。かのうまずめの母は英雄サムソンを生んだのだ。英雄とは、取るべきものを取り、捨つべきものを捨て——選び、成し遂げたもののことだ。そして英雄の母たちは、未来の息子への犠牲として身をおどらせて崖の上から飛びこんだのだ。

リルケは第一の悲歌においても英雄のことを讃え、早世した若者をうたっているが、この第六の悲歌にもこの二人が登場する。そしてその対比として愛する女性が必ずあらわれる。私はここまで歩んできて、ようやくリルケの最終的に語りたい人間像が浮んできたような気がする。それは必ずしも、男女として区別するのではなく、人間は総じて英雄の如き運命を背負って、絶えず生死の極限にさらされ、没落さえも唯一つの存在の証しとして受け入れざるを得ない悲劇の主人公なのだと。しかしそこへ全生命を投じる者は少なく、それを甘んじて受け入れるものこそ英雄なのだと、そして早世せざるを得ない少年たち、くりかえし夭折の芸術家をうたっている。そしてリルケの永遠の命題は、愛する女性、である。必ずしも女性でなくてもよいが、女性の本性がそう運命づけられている。どんな苛酷な境遇にあっても、削ぎとられるだけ削ぎとった女性の中に最後にのこるものは、愛するということで、決して愛されるということではない。そしてその愛は他者を目標とするのではなくあくまで自分の内的な世界なのである。

語り尽くせる問題ではないが、きっと終生考えつづけずにはいられないだろう。今、生涯の最終章を迎えている私にとって自分の内面世界こそがすべての覆《おお》いをはずされ目前に浮び上ってくる時である。愛するとは——この答を片時もはなさず求めつづけているのではないか。刻々に迫るこの世の時間の足音が迫っている。しかし私はその問に答えることが出来ない。生きるということとそれは同じく片時も滞ることなく、迷い、考え、悩み、求めつづけることなのではないだろうか。

第七の悲歌

（一九二二年二月七日　ミュゾットにて）

愛の応答《いらえ》を求めての呼びかけではない、もはやそのような呼びかけではなく、
おさえてもおさえきれぬ声のほとばしり、それがおまえの叫びの本性であれ。おまえは
　鳥のように無垢《むく》にさけびもしよう、
高まりゆく春の季節が空高く抱きとるあの鳥のように。そのように懐《ふところ》をひらいて迎える
とき、
この季節はほとんど忘れている。その鳥が苦労をになった生きものであることを。

……………中略……………

おお、いつの日か死者の列に加わり、これらの星をきわまりなく知りえんことを。
すべてこれらの星々を。なぜなら、どうしてどうしてどうして、これらを忘れることが
できようぞ。

第六の悲歌を終って思わぬ月日が経ってしまった。目まぐるしく変化するのは日常、社会、

日本だけではなく、今や地球自体が刻々何か急速に変化し、切迫している。決して平穏にではなく、原発事故以来すべての生物が危機に瀕しているといっても過言ではない。このような事態の中で詩人は何を感じうたうだろう。かつて予知されたごとく地上は洪水に見舞われ、劫火の洗礼をうけ、死の灰の降る都と化している。そのことを身辺に感じつつ、ドゥイノの悲歌を読む。ただ詩人の烈しい叫びを聞くというのではなく、もうそこまで来ている闇を意識しつつ読んでゆくと、以前より切実に詩人が呼びかける鳥や星々がはるか遠くの存在ではなく、距離さえなく、すぐそこで囁かれているようである。

詩の中で、おまえは、と呼びかけているのは対手ではなく自分自身のこと、わたしをおまえと呼んでいるのだと気づいたとき、何もかも紗幕《ヴェール》がはずされたごとくに近づいてきた。と、鳥の声が突然耳もとで囁く。鳥ではなくあたかも自分の声として。わが家の隣の宝筐院の庭はかつて鬱蒼たる竹林であったが、今は白樫などの明るい庭になった。それでも古くから住みついた鶯の一族がいるとみえて春から初夏にかけて絶え間なく啼いている。先月あたりから幼い鶯が突然噴き出すように啼きはじめて、キキョキキョという顫音がとどまることなく続いて、数分も啼き止まないのでこちらが心配になり、ヴェランダに出て、「もういいのよ、啼き止んで」と思わず呼びかけたが止らない。親鶯らしい声が近づいてゆっくり「ほーぅほけきょ」とくりかえすと、ようやく啼き止んだ。しかしまたその数分後、おさえてもおさえきれない声のほとばしり、あまりにも無垢なその啼き声に私は思わず詩人がおまえの声も、やはり愛の応答を求める叫びなのではないかと呼びかけ、その物問うような最初の一声から、大階段を、叫びの大階段をまっしぐらに駈けのぼり、夢の殿堂の扉をたたく――それこそこの幼い鴬の声、そして詩人そのものの声のような気がして、私は筆をおいて聞き入っていた。今の今までおまえの声を対象としてしか聞いていなかったのだ。詩人の内面に存在する小鳥の声が敢為な思慕にこたえる火と燃える想いだということにようやく気がついた。すべてそのように私自身もわたしからおまえへと変身してゆく。そうでなくてどうして死者の列に加わり、これらの星々をきわまりなく知りたいと願うだろう。どうして、どうしてと三回も繰り返しているこの詩人に対して、私もまた繰り返す。

みよ、その星空のもと、わたしは愛に身をささげた女性を呼び出すであろう、だがそこ
　に現われるのは
彼女だけではないだろう……よわよわしい墓々から
乙女《おとめ》たちも現われよう……なぜならいったん呼びかけたわたしの呼び声を
わたしはどうして限定することができようか。墓にしずんだこのひとびとは
いまもなお大地を求めている。

……………中略……………

愛する人たちよ、どこにも世界は存在すまい、内部に存在するほかは。

われわれの生は刻々に変化して過ぎてゆく、そして外部はつねに瘦《や》せ細って
消え去るのだ。……
………中略…………
天使よ、そしてたとえ、わたしがおんみを求愛《もと》めたとて！　おんみは来はしない。なぜ
ならわたしの
声は、呼びかけながら、押しもどす拒絶《こばみ》につねに充ちているのだから。このように強い
気流に逢《あ》ってはおんみはそれを冒《おか》して歩みよることはできない。さながら高くさしのべ
られた
腕だ、わたしの呼びかけは。そして摑《つか》もうとして花咲いた指は、
捉《とら》ええぬもの天使よ、おんみを前にして
大きく押しひろげられたままなのだ、
さながら拒否と警告のしるしとして。

ここでリルケは何を叫び、訴え、恋い求めているのだろうか。私は読みつつ写し、また読み、混沌として何を書いてよいかわからぬまま、それでも激しく叫んでいることを、今、この苛酷な日本の状況にひきくらべて考えてみる時、何か黙してはいられない。リルケの訴えはすでにこの時を予感し、人類の未来に投げかけている絶望と不安と、その中から必死で呼びかける天

使の存在、おそらく平時の中では想像さえ及ばないであろう。

今朝私は偶然にテレビの中から幼子の「わたしたちに未来はないの？」という声を聞いた。信じられない。十歳に満たない子供が母親にたずねている。身辺に迫る放射能、その地域では放射能の濃度が高いため、子供を外へ出してはならない、村落中をつぶさに調べて、県外に退避すべき家とそうでない家を調べ分けて、その上で任意に（住民の意志で）引っ越しをさせるという。そんな無責任なことを一週間以内に決行するようおしつけられてどうすればいいのか。母親の不安にこたえて子供が自分たちに未来はないの、と母親にたずねている。そんな信じられない光景を見るとは！

リルケのこの悲歌をどう読むか、どう解釈するかはもう問題ではない。今、この悲惨な状況を私たちはどう受け取るべきか。リルケの言う偉大な存在をゆるがせ、時空を越えて、今われわれに襲いかかっている大洪水、大災害をどのように受けとめるか、難しい解釈に苦しむことなくただ赤裸々に嘆き、叫び、祈るしかない。最後の章に至って天使を呼び出し訴えている。たとえどんなにおんみを呼び求め、救いを乞うてもおんみは決してあらわれない。なぜなら私たちの呼び声ははげしく訴えながら、その中にあって決して天使の救いは容易に授与できるものではなく、むしろ自分たちの方からその救いを拒絶さえしているのだから、その強い押しかえしに会って天使は近寄ることができない。すぐそこに高く必死にさしのべられた我々の腕を感じながら、指の間から花が咲きこぼれるかと思うほどに願望のつよいその手をしっかりと天使は摑もうとして摑みとることができない。むなしく大きく開いた花は凋むしかない。拒絶と願望の綯い交ったその手は、遂に天使には届かない。それは、天使に近づきたいと願いながら自らの手で天使を遮っているのである。実は、天使がおそるべき存在だということを知っているからである。すでに第一の悲歌で烈しく唱っている。

……すべての天使はおそろしい。
こうしてわたしは自分を抑え、暗澹《あんたん》としたむせび泣きとともに
ほとばしり出ようとする誘いの声をのみこんでしまうのだ。ああ、ではわたしたちは誰を
たのむことができるのか？　天使をたのむことはできない、人間をたのむことはできない、

すでに全悲歌の中でくりかえし叫んでいるのは天使への哀願と拒否——そして絶望である。今日のこの凄惨な現実を目前にして、いかにこの言葉が身の内へ内へと響くことだろう。三月十一日を体験してすべては変った。原発の被害を真正面から受けとめた人々と私どもは一体ではないのだ。しかし実は一体なのだ。そのことを意識すると、今までより何層倍もこの詩は切実である。悲歌が本当の姿をあらわし、引き裂かれたぼろぼろの血まみれの様相を見せてくれ

る。平穏な時はそれほど気づかなかった。難解な詩句の表現に戸惑って遅々として進まなかったのに、その解釈はどうでもいい、ほとばしるものが先に伝わってくるのだ。詩を読むとはこういうことなのか。それはさながら高くさしのべられた腕をひろげたまま、天使にむかって叫んでいるわれわれ自身であり、われわれの願いはそれしかないことを告げているのだ。

第八の悲歌

（一九二二年二月　ミュゾットにて成立）

すべての眼で生きものたちは
開かれた世界を見ている。われわれ人間の眼だけが
いわば反対の方向に向けられている。……

ではじまる第八の悲歌ほどその冒頭から鋭くわれわれの現在の罪業を衝いてくるものはない。今まさにわれわれが直面する原発問題を契機にして、人間だけが開かれた世界に反して、全く異質の開かれてはならない世界に目を向けているという怖ろしい現実が浮び上る。

……そして罠《わな》として、生きものたちを、
かれらの自由な出口を、十重二十重《とえはたえ》にかこんでいる。
…………中略…………おさない子供をさえも
わたしたちはこちら向きにさせて

形態の世界を見るように強《し》いる。動物の眼に
あれほど深くたたえられた開かれた世界を見せようとはしない。死から自由のその世界
を。

すでに百年近い歳月を経てこの数行の言葉はもはやわれわれの身心に深く穿たれて今その無惨な現実をまざまざと眼前に見せつけられている。人間が必要以上の利器を持ち、犯してはならない領域に想像を絶する無謀さで踏みこんでゆく。神が、自然が用意したこの開かれたる世界を無視して植物を伐り倒し、海を汚し、動物を嗜好としてのみ扱い、全く不必要な人間の欲望をこれでもかと刺激させ、満足させる商品を売り出し、何千万の金が紙屑の如く飛び交う金融界の浮沈、もはや嘆くにも値しない狂乱の世界となっている。併し、その暗闇が深く絶望の淵に立たせられた時、そのすぐ背後に、囁く声がある。われわれはその声に深く耳を傾けねばならない。

死をみるのはわれわれだけだ。動物は自由な存在として
けっして没落に追いつかれることがなく、
おのれの前には神をのぞんでいる。あゆむとき、
それは永遠のなかへとあゆむ、湧《わ》き出る泉がそうであるように。

われわれはかつて一度も、一日も、
ひらきゆく花々を限りなくひろく迎え取る
純粋な空間に向きあったことがない。われわれが向きあっているのは　いつも世界だ。
けっして「否定のないどこでもないところ《ニルゲンッ・オーネ・ニヒト》」——たとえば空気のように呼吸され
無限と知られ、それゆえ欲望の対象とはならぬ純粋なもの、
見張りされぬものであったことはない。……

第七の悲歌からこの第八の悲歌に読みすすみ、私は自分の衣を一枚また一枚脱ぎ捨て、あるいは剝ぎとられ、余分のもののない状態にたたせられるような気がする。それは現在から逃避するのではなく、目覚めよ！と愚鈍な人間の頭を打ちのめされるような感じがして、現在おかれている人間の救われようのない罪業が闇の中から浮び上るのである。

三月の大災難から今日までますます深刻になり、前途が全く見えない状態の日本。何を目標にすればいいのか、東北の方々の暗黒の日々を思わぬ日とてないこの夏の日々がなければ、かほどにこの悲歌を受けとめることができただろうか。満ち足りた平穏な日々にいくら真剣にこの詩にむかっても、哀しいかな私に響くものはわずかだったろう。併し今われわれが被造の世界にのみ眼をむけて、そこに虚ろな実態をみ、自分自身の影でうす暗く澱んだ反映をみるばかりの日常である。物言わぬ動物が静かに目をあげてじっと私たちをみつめ、これがあなた方人

間の為してきた繁栄の裏返し、虚構の実相なのだと言っている。――それがあなた方の運命なのだと私たちはその声を聞かなくてはならない。ここに開かれた世界と、被造の世界との対立がうたわれ、そこにもう一つ「否定のないどこでもないところ」という場が設定されている。前者の二つの世界は明瞭だが、「否定のないどこでもないところ」というのをどう解釈したらいいのか、心にかかってはなれない。否定の否定だからどこにもないのだけれど、詩人はそこに空気のように呼吸され、無限と知られ、それ故欲望の対象とはならぬ純粋なもの、と言っている。それは空気のように遍在し、無限に在るもの、われわれがそれを求め、真に覚醒した時、瞬間現われるかもしれないもの、なのかも知れない。

かれらにとって無限であり、意識の枠がなく、おのが状態に
向ける眼をもたない。それはかなたへ注がれているかれらの眼差《まなざし》に等しく純粋なのだ。
われらが未来をみるとき、かれらはいっさいを見る。
そしていっさいのうちに自己を、永遠にまったき存在である自己を見ているのだ。

絶望の淵に立ち、われわれはかつて一度も、一日も意識の枠をなくして自分自身をみることなく、常に見張りされている状態をつよく意識しながら、動物の無垢なまなざしの彼方に見ているものを詩人は確実に把握してここに唱っているのだ。それこそが詩人の眼である。私はこ

の第八の悲歌に救われようのない人間の劫を読み、現在の日本の状況とかさなり合って心が閉ざされがちであったが、それなら詩人がなぜ「否定のないどこでもないところ」をあえて表現しようとしたのか、暗雲の彼方に何かを見出そうとするわれわれの切実な思いを受けとめ、「遍在か、無か」とぎりぎりの淵に立つわれわれの前に、かすかな光を投げかけているのではないだろうか。

第九の悲歌

（中枢部は一九一二年　ミュゾットにて
最初の六行と最後の三行は一九一三年　スペインにて成立）

つかの間のこの存在をおくるには
他のすべての樹々《きぎ》よりやや緑濃《こ》く
葉の縁《へり》ごとに（風のほほえみのような）さざなみを立てている
月桂樹でもありえように、なぜに
人間の生を負《お》いつづけねばならぬのか――そして運命を避けながら
運命をあこがれわたるのか？……

おお、そのわけはそこに幸福があるからではない、、
幸福とはまぢかに迫りつつある損失の性急な先触《さきぶ》れにすぎないのだ。
またそれは好奇からでもなく、心情の修練のためでもない、
心情は月桂樹のなかにも生きつづけよう……
いや、そのわけは、この地上に存在するということはたいしたことであるからだ、そし

てこの地上に存在するすべてのものが、
われわれ人間を必要としているらしく思えるからだ。これらのうつろいやすいものたち
が、
ふしぎにわれわれにかかわってくる、ありとあらゆるもののうちで最もうつろいやすい
われわれに。
あらゆる存在は一度だけだ、ただ一度だけ。一度、それきり。そしてわれわれもまた
一度だけだ。くりかえすことはできない。しかし、
たとい一度だけでも、このように一度存在したということ、
地上の存在であったということ、これは破棄しようのないことであるらしい。

それゆえわれわれはひたむきにこの存在を成就しようとする、
この存在を素手に抱き取ろうとする、
いよよ充《み》ちあふれるまなざしに、無言の心のうちに、それをつつみこもうとする。
地上の存在になりきろうとする。——誰にあたえようとして？　できるなら
いっさいを永久にわれわれのものとして保有するために……　ああ、しかし地上の存在
の後に来るあの別の連関へは
何をわれわれはたずさえて行けよう？　地上でおもむろに習得した

観照、それをたずさえては行けない、地上でしとげたこともたずさえては行けない。なにもかも。
それゆえたずさえてゆくのは　苦痛や哀しみだ、とりわけ重くなった体験だ、
愛のながい経過だ、――つまりは
言葉にいえぬものばかりだ。……

………中略………

この地上こそ、言葉でいいうるものの季節、その故郷だ。
されば語れ、告げよ。いまはかつてのいかなる時代より
物たちがくずれてゆく、真実の体験となりうる物たちがほろびてゆく。
そういう物たちに取ってかわっているのは、形象《ビルト》をもたない作りものだ、
殻だけの作りもの。その殻は、仕事の意図が変り、その限界が
変るやいなや、飛散してしまうのだ。
こうして狂暴に打ちあう槌《つち》と槌とのあいだに
われわれの心情は生きている、ちょうど噛《か》み合う歯と歯とのあいだに
舌が生きているように。けれどそれは、
それでも讃《たた》える舌であることに変りはない。

第九の悲歌までの道程は長かった。何度か躓《つまず》き、立ち止まり、これでいいのかいいのかと呆然とすることが多かった。私の手のうちにひとつでも宝石のような核心がつかめたろうか、とおそるおそる手を開くとそこには何もなく、煙のように消えてゆくかすかな痕跡がのこるばかりだった。私の周辺は日に増し騒然としていて、目の前の雑事に追いたてられているその反動か、早く仕事を終えて自室にこもりたいと思った。こんなに落着かない日々に何がわかるだろうと思うのだが、その切迫した思いが逆に目の前の幕をさっと開けて私を別の空間に誘いこむ。第八の悲歌でわれわれ人間のみが閉ざされた世界――実は最も開かれた世界と人間のみが錯覚しているこの物質世界――にあって、生きものたちを十重二十重にかこみこんで罠にかけているると語っているが、今日ほどその事実を痛烈に感じさせることはない。他のあらゆる生物（動物、植物、鉱物）を己れの利のためにのみ酷使し、傷めつけ怖れを知らない人間の今直面しているものは原発であり、黙示録的人類危機である。日々苛酷な禍いにさらされている東北地方の現実を思う時、死の灰の降る中で生きる土地を奪われ、仕事を失くし、幼児をもつ母親の恐怖、老いゆく身の哀れ、どこに安住の地はあるのか！と思わず叫びたい。

どこにこの束の間の生を癒す場はあるのか。滾々と溢れる泉はあるのか。たとえ火の粉が降ろうと死の灰が舞おうと、われわれは生きねばならない。その時ひとつの樹がほかのすべての樹より緑が濃く鮮明で、葉の縁《へり》がまるで風のほほえみのようにこまかく揺れ、われわれを招いている。それがもし月桂樹ならわれわれはその樹に託そうではないか。こんなに運命に翻弄《ほんろう》されながらなお人間《ひと》を愛し、憧れわたるのか、別にそこに幸福があるわけでもないのに、よくわかっているのに。

「幸福とはまぢかに迫りつつある損失の性急な先触れにすぎないのだ。」

ああ、その先触れこそ真意なのだ。まちがいなくやってくる損失―痛み―は幸福の車輪を連れて訪れる。幼い頃から私はその予感に慄えていた。だから不幸だったというのではない。ただ幸福などあり得ないと思っていた。哀しみの先触れであり、得がたく美しく残酷なものであると知らされた。手のうちに留まることなく散ってゆく。幸福の持続はあり得ない。もし持続していると思えばそれは錯覚であり、自己満足である。しかし、人生とはそれだけなのか、いいえ、そうではない。それならばこそ、心情のうちに月桂樹が香るのだ。その香気は生きてゆく中天の月のようなものである。この地上に存在すること、生きて月を仰ぐことがどんなに得がたいことか。

昔、母が語ってくれたことがある。開経偈の一節に、無上甚深微妙法、百千万劫難遭遇とあるのは、この地上に一瞬の生を享けることは百千万劫に値するほど得がたいことなのだ。その劫というのは天女が羽衣をひるがえして降りてきて、その薄い衣で岩を撫でさすって、その岩がいつしかすりへって小さな窪みができるほど永い永い歳月のこと、その永い歳月の、何万回のたった一回にあたるその無上の生を受けたことになるのだと、それほどこの生は有難いことなのだ、と母の語った言葉は忘れない。

「あらゆる存在は一度だけだ。ただ一度だけ、一度、それきり」というその一度はかけがえもなく、否定もできず、破棄することもできない。まさに無上甚深微妙法のうちに存在するわれわれなのだ。この地上に存在するということは実に信じられないほどあり得ないことだ。それに地上に存在するすべてのものがわれわれ人間を必要としている。なぜなら人間こそ言葉をもつ存在だからだ。言葉はすべての生命のはじまりである。「この地上こそ、言葉でいいうるものの季節、その故郷だ。されば語れ、告げよ。」とリルケは最終にむかってその声を高くはり上げて訴える。この第九の悲歌にいたるまで何度詩人はこの世にあることの稀有《けう》なることを語ってきたか。それにもかかわらずいつの世にもわれわれは人間優位、自己本位に生きてきた、地上のすべての存在があってこそわれわれは生きているのだと切実に考えたことがあるだろうか。今はかつてのどの時代より物質が溢れ、崩れ出している。物質によって生かされていることを忘れ、われわれが体験する真意をないがしろにして、逆に溺れ埋ってゆこうとしている。そして偽りの物質――人間がつくり出したもの――形象《ビルト》をもたない作り物によって人類は滅亡の危機にさらされている。まさに原発の脅威にさらされている今日を予言している。もしリルケがこの時代に生きていたら言うだろう。それ故に人間は、今までの時代よりもっとひたむきに、もっと痛切にこの存在を成就しなければならぬ、と。

　たった一度の人生、その人生がみずから招いた過ちで崩壊しようとしている。今こそ千載一遇の時なのかも知れない。何事もない平穏な時代なら、これほど水や空気や大地を意識したことはないだろう。避けがたい苛酷な現実でありながらも、それはただ無法な絶望の人生と言うことはできない。その中で必ず見出すものがあると。

「狂暴に打ちあう槌《つち》と槌とのあいだにわれわれの心情は生きている、ちょうど嚙《か》みあう歯と歯とのあいだに舌が生きているように。」

寸時も油断すればわれわれは槌と槌の間で砕かれるだろう。併し歯がなければ物の味を知ることはできない。その人生の滋味を味わうことは決して生ぬるいものではない。心情がにじみ出るということは何かの危機に近づくときにおのずと表われるものである。しかもその真の味を知るものこそ舌なのだ。物の味を讃えねばならない。それを失ってはならない。それこそが存在そのものの故郷なのではないか。リルケの声は一段と高揚し、「もう語り尽した、よく聞いてくれ！」

この地上で習得した観照、それをたずさえてはいけないのだ。たずさえてゆけるものは苦痛と悲しみ、重い体験、愛のながい経過だ。それすら星々の前では消えてゆく。われわれは言葉にはなり得ない一握りの土、それすら持ち帰ることはできない。もし持ち帰ることができるとしたら、それは純粋な一語、黄と碧に咲くりんどうだ。たぶんわれわれはそれを言うために存在するのだ。純粋な一言。ではわれわれは何をこの生で受けたのか。そしてたった一度の春、一度でいいのだ。それでもわたしの血にはゆたかすぎる。今こそわたしはおんみの委託を果そうと思う。わたしをおんみに離れがたく帰依させるには、もはやおんみの数々の春はいらない

——と。

あれは第一の悲歌だったろうか。春はおまえをたのしみに待っていたではないか。あまたの星はおまえに感じとられることを求めていた。提琴の音がおまえに身をゆだねてきたではないか。それらすべては委託だったのだ。しかしおまえはその委託をなしとげたか、と唱っている。今、最終にむかってリルケは、はっきりと、今こそわたしはおんみの委託を果そうと思う、この大地に離れがたく帰依しようと思うと言っている。

この第九までたどりつき、ようやく彼は潔く委託を果そうと決意する。いや、すでに充分委託は果されていると私は思う。いわば全篇、その悲歌に充ちているではないか。難解を嘆き、途方にくれてここまで来た私も、何か内部《うち》から湧きたつような熱い思いに充たされている。委託の意味がようやく解きほぐされるような気がする。詩人が究極願っているものは吾が身を投じて大地に帰依することではないか。到底何人もなし得ないことではあるが、壮大な宇宙にむかって叫ばずにはいられない。

天使にむかって世界をたたえよ、言葉に言いえぬ世界をではない、天使には
おまえはおまえの感受の壮麗《そうれい》を誇ることはできぬ。万有のなかで
天使はよりつよい感じかたで感じている、そこではおまえは一箇《いっこ》の新参《しんざん》にすぎぬのだ、
だから

天使にはただ素朴なものを示せ。世代から世代にわたって形成され、
われわれのものとして手に触《ふ》れ、まなざしを注《そそ》がれて生きている素朴なものを。
天使に物たちを語れ。そのほうがより多く天使の驚歎を誘うだろう、かつておまえが
ローマの綱つくりを見て、またナイルのほとりの陶土を見て驚歎したように。
天使に示せ、ひとつの物がいかに幸福に、いかに無垢《むく》に、そしていかにわれわれの所有
になりうるかを。

ここを読んだとき、いかに私の心は震撼したことだろう。詩人が天使に物たちを語れといわれることを信じてよいのかと。物が幸福に、無垢にわれわれの所有になりうることを信じてよいのかと。そしてそれを天使に示せとは、どんなに願ってもかなわぬことと思いこんで、あるときは物を汚し、物を殺し、その罪を感じつつも、やむにやまれぬ思い、この手で何かを創ることの迸《ほとばし》りを止めるわけにはいかぬ。思えばその両極をゆきつもどりつここまで来た。よもや天使にそれを示せとは、語れとは思いもよらぬことだった。併し最も希求することだった。リルケがわれわれのようなものづくりの思いをこれほど高く唱ってくれようとは！　われわれにそれを気づかせてくれようとは！　物づくりの冥利である。

……いかにそれが形姿《けいし》たらんと至純の決意をし、

一つの物として仕えるか、または死んで一つの物に入り込むか――そして、その死ののちに
いかに至福のひびきをもって提琴から流れ出るかを。そして移ろいを糧《かて》として生きている
これらの物は理解するのだ、おまえがかれらをたたえていることを。移ろうさだめをもちながら
それらの物たちはわれわれに望みをかけて救われようとする、すべてのうち最も移ろいやすい存在であるわれわれに。
それらの物たちは願っている、われわれがかれらを目に見えぬ心情のなかで転身させることを、
おお、われわれの内部への限りない転身を！　たとえわれわれがいかにはかない存在であろうとも。

熱く力づよくこれらの言葉は私の心に浸みとおる。われわれ無数の物とのかかわり合う者たちになりかわってよくぞ語ってくれたと胸がさわぐ。ただ一つでも物たちの望みをかなえて目にみえぬ心情のうちに転身させることができたなら、私のこの手はいかに喜びにふるえるだろう。明日消えるはかないわれわれのこの手が、それをなしとげることができるなら！

大地よ、これがおんみの願うところではないか、目に見えぬものとして
われわれの心のなかによみがえることが？――それがおんみの夢ではないか、
いつか目に見えぬものとなることが。――そうだ、大地よ！　目に見えぬものとしてよみがえることが！
転身をほかにして、何がおんみののっぴきならぬ委託であろう。
大地よ、愛する大地よ、わたしはおんみの委託をはたそうと思う。わたしをおんみに離れがたく帰依《きえ》させるには
もはやおんみの数々の春は要《い》らない――一度の春、
ああ、たった一度の春でいいのだ。それでもわたしの血にはゆたかすぎる。
名状しようもなくわたしはおんみへと決意した、遥《はる》かから。
いつもおんみの企図するところは誤っていなかった、そして親しみ深い死こそ
おんみの聖なる着想なのだ。

その一度の春にすべてを注ぎこむのだと、何という高い調べだろう。これほどに全霊をこめて歌っているのはここにドゥイノの悲歌の集結する祈りがこめられているのではないだろうか。そして次の言葉によってしめくくられる。

見よ、わたしは生きている、何によってか？　幼時も未来も
減じはせぬ……みなぎるいまの存在が
わたしの心内にほとばしる。

第十の悲歌　（一九一二年一月　ドゥイノにて冒頭成立　一九二二年二月　ミュゾットにて完成）

ああ、いつの日か怖《おそ》るべき認識の果てに立って、
歓喜と讃《たた》えの歌を、うべなう天使らに高らかに歌いえんことを。
澄《す》み徹《とお》って撃《う》たれる心情の琴槌《ハンマー》が
かよわい弦やためらう弦、または絶えなんばかりの弦に触《ふ》れて
楽音《がくおん》のみだれることのなからんことを。ほとばしる涙がわがかんばせに
さらに輝きを加えんことを。人知れぬ流涕《りゅうてい》も
花と咲《さ》き匂《にお》わんことを。おお夜々よ、悲愁の夜々よ、そのときおんみらはいかにわたし
に親しいものとなることだろう。

遂に第十の悲歌の最終にたどりついた（二〇一一年八月一日）。十《とお》の階段を一段一段踏みしめて
ここまでやってきた。

「ああ、いつの日か怖《おそ》るべき認識の果てに立って、歓喜と讃《たた》えの歌を、うべなう天使らに高

らかに歌いえんことを。」

この言葉が鳴り響く。怖るべき認識の果て、とはいかなる果てなるや、詩人はいずこの、いかなる断崖の果てに立ってこう叫んでいるのか、と思った時、第一の悲歌冒頭の、「ああ、いかにわたしが叫んだとて、いかなる天使がはるかの高みからそれを聞こうぞ?」という詩句が突然響いてきた。この全篇を通して二つの詩句は相呼応して常に鳴り響いていたのだ。必ずや天使は聞き入れ給う、と信じてはいても、その願いのあまりの激烈さに、あるいは中途で断ち切られてしまうかもしれない恐怖は、読者であるわれわれの中にも浮きつ沈みつ感じられていた。誰がこのような終局を予言し得よう。リルケの中で壮大な構想は築かれていたとしても生身のはかない人間、まして針の先ほどの険しい道を歩み、絶壁の淵で嘆くことも屢々だった。一九一二年から十年の歳月、処々を放浪し、第一次大戦のさ中、筆は中絶し、何の約束も何の保証もなく、ただ筆一本をたよりにようやくここまでたどり着いたのだ。私ごときが何を言う資格もないが、リルケの足もとの靴のひもにも似て、ひたすら従ってきた。何のはげましもないまま、途方もなく頼りない旅の中で日増しに目指す高みの厳しさに立ち止り、あるいは私の道はずっとずっと山裾の昇り口のない迂回の道ではないかと思った後半から不意に第九の悲歌に入った時、突然道が開けたような気がした。ああ、道は通じていた。胸がしめつけられるようだった。

「なぜに人間の生を負《お》いつづけねばならぬのか——そして運命を避けながら運命をあこがれ

わたるのか？……おお、そのわけはそこに幸福があるからではない、幸福とはまぢかに迫りつつある損失の性急な先触《さきぶ》れにすぎないのだ。」（第九歌）

そうだ、そのとおりだ、私たちはみなその先触れの音をききつつ旅をしているのだ、と、まして昨今のこの昏《くら》い日々、ようやく暗雲の中から十の階段が浮び上り、その一段一段をはい上るようにしてすすむ詩人の姿をまならうらにはっきり見るようになった。詩人のどうしてものぼらねばならぬ認識の階梯は、人間存在のはかなさの極点に立ちながら、みずからに託された使命（委託）を果そうと必死でたどりついた怖るべき階梯であるが、その果てに天使は果して歓喜と讃えの歌をもって肯《うべな》い聴き入れてくれるだろうか。その透徹した心情の琴槌《ハンマー》を、かよわく絶えなんばかりの弦を打つのは詩人自身である。どうか楽音のみだれることなく高く高く鳴り響いてくれますように。涙がほとばしる。今は流れるにまかせて、この最後のきざはしに花と咲き匂わんことを、と祈るばかりだ。

……われわれ、悲痛を浪費するものよ、
悲痛に逢ってもわれわれは、その悲しい持続のさなかに、
はやくもそれの終熄《しゅうそく》を予測する。しかし悲痛こそは
われらを飾る常盤木《ときわぎ》、濃緑の冬蔦《ふゆづた》なのだ、

「怖るべき認識の果てに立って」人間の存在を肯定し、それがかりそめのものではなく、悲痛や苦悩の窮極である死こそが逆に地上の存在を肯《うべな》うものであることをひとりの若者の旅によって伝えようとしている。やがて若者の眼はおのが早い死のためにめまいして……、しかし死者は先へ行かねばならない。原苦の山の奥深く、やがてその跫音さえ消えてゆく。無限の静寂の中に入っていった者、この若者はリルケの化身であろうか。

そして第十の悲歌は次の章を以て終る。

見よ、かれらはおそらく、葉の落ちつくしたはしばみの枝に芽生《めば》えた
垂れさがる花序をゆびさすであろう、あるいは
早春の黒い土に降りそそぐ雨にわれらの思いを誘おう。

そしてわれわれ、昇る幸福に思いをはせる
ものたちは、ほとんど驚愕《きようがく》にちかい
感動をおぼえるであろう、
降りくだる幸福《さち》のあることを知るときに。

リルケは最後に何を言おうとしたのだろう。私は何度も何度もこの章を読みかえす。ふしぎ

な言葉だ。昇る幸福、降りくだる幸福とは。先に詩人は幸福は近づく損失の先触れと言った。そして今降りくだる幸福とは何を指すのか。それは死、死とは降りくだる幸福なのではないか、死さえも幸福の領域へ生と死を一如とした考えに到達したのではないかと思った時、葉の落ちつくしたはしばみの枝に、芽生えを、早春の黒い土にふりそそぐ雨、それは蘇生をうながし、生と死は見事に循環していることを語っているのではないかと思い至った。最後の最後に、リルケははかない人間存在の上に降りそそぐ生への讃歌、生存の意義をここにはっきりと肯定して終ったのではないだろうか。しかしまだ終ったという自覚がない。もう少し、いやもっともっと悲歌について知りたい、私の中で終らせたくない、わかっている部分と全くわからない部分とが綯《な》いまざり、それが私の中で溢れかえり、納まる様子がないのだ。そんなとき、ふと以前読んだリルケ書簡集の悲歌について書かれている書簡を思い出した。ようやくさがしあてたのは次の手紙、ヴィトルト・フォン・フレヴィチ宛「悲歌について」という長い応答の書簡である。かつて私は『マルテの手記』に悩み、躓き、何とか解答の道を見つけたいとこの書簡集にひたすらさがし求めた時、まるで救いの綱が投げられたようにマルテの息づかいさえ感じるほど切実なリルケの告白を読んだ。それがどんなに私の助けになったことか、実は今回もこのフレヴィチ宛の手紙を読み、さらにさらにリルケという人を理解し、深く敬する気持、慕わしい気持になったのである。人は心で理解する。知でわかっただけではなく、心情が乗り移り漕げない舟が漕げるようになるのだ。

もしこの書簡がなければ私はこの巨大な大海原で立往生していたかもしれないのだ。それすら気づかずにドゥイノを読んだと錯覚していたかもしれない。勿論すっかりわかったわけではなく私の分量で盛れるだけのものをこの器に盛らせてもらったのである。全文を写したいほどこの書簡は比類ないものである。この悲歌だけについてではなく、マルテにも屢々及び、マルテを悩みつつ読んでいてよかったと思わず思ったほど、マルテなくしてこの悲歌はなく、マルテにおいて一人の青年の死を見送り、その後に見定めたドゥイノの城での孤絶した環境、大戦への参加で中断され、処々を放浪し、十年間の苦患のすえ漸く到達したのは、マルテを含めて無数の夭折した魂と共に歩み入る無尽蔵の世界、生と死はすぐ隣合せに存在し、互いに汲み合い、生が祝福されなければ死も祝福されることのない一体のものであるということを最後に言い遺しているのだ。

ヴィトルト・フォン・フレヴィッチ宛（一九二五年十一月十三日『書簡集II』五五五）

悲歌について

「それに『悲歌』に正しい説明を加えることが、はたして私に許されているでしょうか？　『悲歌』は無限に私を乗り超えています。『悲歌』はあの本質的な前提――『時禱詩集』のなかにすでに現われており、――中略――さらに『マルテ』のなかで、矛盾を孕んだまま凝縮され、人生に投げかえされて、そこであのような底無しの深淵に懸っている生が不可能であることをほとんど証拠だてているもの――『悲歌』はこうした前提のその後の発展であるように思われます。『悲歌』では、『マルテ』の場合と同じ与件から出発して、生が再び可能なものとなっています。いな、若いマルテがその「永い努力」の正しい困難な道を踏んでいったのにもかかわらず、まだそこまで導くことのできなかった最後の肯定を生がここで得ているのです。『悲歌』では生と死の肯定が一つのものとして示されています。この一方を無視して、他の一方だけを容認することは、結局あらゆる無限なものを排除する偏狭な態度でしょうし、事実、『悲歌』においてはそのことが体験され、讃美されているのです。死とは私たちに背を向けた、私たちの光のささない生の側面です。私たちは私たちの存在の世界が生と死という二つの無限な領域に跨っていて、この二つの領域から無尽蔵に養分を摂取しているのだという、きわめて広大な意識をもつように努めなければなりません。……まことの生の形体はこの二つの領域に跨っているのであり、この二つの領域を貫いて、きわめて広大な血の循環がなされているのです。此岸というものもなければ彼岸というものもありません。あるのはただ大いなる統一体だけで、そこに私たちを凌駕する存在である「天使」が住んでいるのです。」（富士川英郎訳）

まさに無限のひろがりをもつ大乗仏教のような――キリスト教圏内にある人とは思えない思想の展開である。これ以上の説明は何もいらない、と思った時、天使という存在にぶつかった。

今ちょうど読んでいる若松英輔著『井筒俊彦——叡知の哲学』の本の中で、レールモントフは詩とは前世で感覚したことを呼び覚ます祈りだという言葉に出会った。そしてリルケの場合、異界（前世）を実在界と呼ぶと書いているが、第八の悲歌で閉ざされた世界（現世物質界）と開かれた世界があるといい、まさに天使はその開かれた世界に存在する、即ち天使は実在するということではないだろうか。それ故怖るべき存在なのだ。

「『悲歌』の「天使」とキリスト教の天使との間には少しも関係がありません。（それはむしろイスラムの天使たちに似ています）……『悲歌』の天使は、私たちの行ないつつある眼に見えるものの眼に見えないものへの変形の仕事を、その内部ですでに成就しているように思われる存在なのです。『悲歌』の天使にとってはあらゆる過去の塔や宮殿が存在しているのです。（中略）『悲歌』の天使は眼に見えないもののうちにより高い実在が認められるということを保証してくれる存在なのです。——そして私たち人間は眼に見えるものを愛し、これを変形しつつ、なおそれに取りすがっていますが、こういう私たちにとっては、だから天使が「怖るべきもの」となるのです——」（同前）

たしかに第一の悲歌における天使を「不意にわたしを抱きしめることがあろうとも、わたしはそのより烈《はげ》しい存在に焼かれてほろびるであろう。なぜなら美は怖《おそ》るべきものの始めにほかならぬのだから」と烈しく唱っている。すべての天使は怖ろしい、たのむことはできない、と。その天使にむかって「歓喜と讃《たた》えの歌を、うべなう天使らに高らかに歌いえんことを」と叫んでいる。何という清冽な悲愴な訴えだろう。胸に刃がささるようだ。叶えられんことを！と祈りたい。しかし今この書簡においてリルケははっきり語っている。天使はうべない、歓喜と讃えの歌は聞きとどけられたのだと。

「まったく俗世的――深い、浄らかな俗世的な意識をもって、私たちがこの現世で眺めたり、手に触れたりしたものを、もっと広い、否、きわめて広大なあの世界に導き入れることが肝要なのです。つまりこの地上に暗い翳をおとしている彼岸へではなくて、一つの全き世界、全体の世界のなかへ導き入れることが。自然だとか、私たちが日常接触したり使用したりしている事物《もの》だとかは、かりそめのもの、はかないものです。けれどもそれは私たちがこの地上に生きている限り、私たちの所有でもあれば、友でもあり、ちょうどそれがすでに私たちの祖先の親しい馴染みであったように、私たちと苦楽をともにする伴侶でもあるのです。ですから、ただこのあらゆるものを拙劣に再現して、その価値をおとしめないようにすることだけが肝心なのではありません。それが私たちと同じようなかりそめの存在であればこそ、私たちはこれらの現象や事物《もの》をあくまでも真心をこめて理解し、これを変形しなければならないのです。変形、そうです。なぜなら、これらのかりそめの、はかない地上の事物《もの》を堪え忍びつつ、熱意をもって私たちのうちに深く刻み、その本質を私たちの内部に（眼に見えず）再び立ち上がらせることこそ、私たちの使命なのですから。私たちはこういう眼に見えないものの蜜を集める蜜蜂です。私たちは眼に見えるものの蜜を、眼に見えない世界にある大きな黄金の蜜房の中に貯えようとして、夢中で漁っているのです。そして『悲歌』はこうした仕事に従事している私たちを示しています。それは私たちの愛する眼に見えるものや手で摑めるものを、私たちの自然の眼に見えない振動や興奮のなかにたえず置き換える仕事であり、これによって宇宙の「振動の世界」のなかに新しい振動数が編入されるという結果になるのです。」（同前）

この書簡に語られている、はかない、かりそめの地上の事物に対しての深い愛が、詩人の天《あま》翔《か》ける悲痛な願いと相呼応して、私は深く胸を打たれる。この詩人を理解することの至難さ、溢れる泉のような詩歌の影に地上に深く根ざし、一片の事物に対してもおろそかにすることなく真心こめて理解し、これを変形しなければならない、ということは、はかない地上の事物を、熱意をもって私たちのうちに深く刻み、その本質を私たちの内部に(眼に見えず)再び立ち上がらせることを私たちは使命としなければならないと言う。そして私たちはこういう眼に見えないものの蜜を集める蜜蜂であり、眼に見えるものの蜜を眼に見えない世界にある大きな黄金の蜜房の中に貯えようと一心に思っていると言うのである。それこそが「悲歌」に唱われる私たちの仕事なのだ。

リルケはかつてロダンの仕事を深く理解し、「働くことは休むことである」と言いつつ仕事をし、「ロダンはどんな小さな物にも大きな物にも生命をみとめるのです。もうほとんど不可視のものにも」と言っている。またセザンヌの仕事を深く敬愛し、誰も書くことのできないほど優れたセザンヌ論を書いていることも、それらの真摯な眼光が今こうした事物の上にふりそそがれているのを感じる。詩人といわれる人のなかでもこのような事物に対する絶対的な眼差し、敬虔な愛を語る人は稀である。この悲歌の中に遺産としてリルケがわれわれにのこしてくれた遺言である。今別れがたく振りかえればその一つの一つの階梯をのぼってゆくリルケの思いが私の胸に諄々と浸みわたってゆくようだ。

あとがき

到底果し得ぬと、私には重すぎると思った道をようやくここまでたどり着いた。ただリルケのあとを従《つ》いてきたのである。

東欧のプラハに生れたリルケが何故かその地に滞《とど》まらず、若き日にルー・アンドレアス＝ザロメとロシアに最初の旅をした。ロシアはリルケの本当の故郷のようだった。それほど心に深く刻まれたからこそ、『時禱詩集』は生れたのである。ロシアはドストイエフスキーを生んだ国であり、私も幼い頃からロシアの童話が好きだった。或る日ふと『時禱詩集』を開くことになったのも偶然とは思えない。

その頃私は小さな文章を書いた。何か書かせられたと思うほど夢と現実が綯《な》い交り、私の前にただならぬ楼門のようなものが立ちあらわれた。そして老僧より託された言葉に胸を圧され、日増しにその思いが強く、遂に巡礼に出なければとさえ思うようになった。

しかし私は生ぬるい人間でそれを実行できなかった。暗く胸をよぎる影のようなものが色濃く、抜きさしならぬ思いになって高まっていった。その時、久しく机上にあった『時禱詩集』をまるで経文でも開くように読みはじめた。何としても読まねばならぬ、私にあたえられた道はこれしかないのだと——そこからリルケをめぐる巡礼がはじまったのである。それまでリルケははるか高みの詩人だった。

突然書物から抜け出した人物は異国の人でもなく、おどろくほど身近な人であった。『時禱詩集』の一行、一章が私に語りかける。私を変えてゆく。今までこんな読み方をしたことがないほど迫ってくる言葉を食物のごとく飲み下した。「時」がこの世の時間ではなく、時間と空間を垂直に切り結び、世界内的空間に到ることをはじめて修道僧の祈りの中で知った。それは日常ではなかなか得られぬことで、一瞬なりともそこへ身を投じることが出来るかどうか知ることはできても、それを体験し少しでも持続することは至難だ。併し詩人は日常の中にその「時」を持ち、持続していかなくてはならない。そのことを心のアンテナに常に感じつつ、その一行を読み、清水を浴びる思いで身を清めるのだ。

言葉は、矢のごとく、石礫《いしつぶて》の如く、波の一滴《ひとしずく》の如く、地底の水の如く、我々の胸にとどく。その一行のために詩人はこの世に在るのか。はじめて、私は詩人の担うものが何か、この『時禱詩集』を読みすすむうちに理解した。その実感は、不安で立ち止り、悩みながらすすんで来た道に踏みごたえを感じさせた。それまで華麗な詩句の花園に遊ぶことも屢々で、世に謂《い》う詩集などとは天と地とも隔たりのある苛酷な現実の阿鼻叫喚を、自己の中に濾過し、昇華させて的確な言葉として表現することの苦患をそこまで理解できなかった。

リルケの内奥の告白にも似た書簡集にそれを知る時、現実の悲哀とはこのこと以外ないとさえ思うようになった。そのことを思えば、詩人の栄光など一滴の血のしずくにも値しないのではないかと思った。

『ドゥイノの悲歌』第九に、「大地よ、愛する大地よ、わたしはおんみの委託をはたそうと思う。わたしをおんみに離れがたく帰依《きえ》させるには/もはやおんみの数々の春は要《い》らない――、一度の春、/ああ、たった一度の春でいいのだ。それでもわたしの血にはゆたかすぎる。/名状しようもなくわたしはおんみへと決意した、遥《はる》かから。」とある。もし天使がこの歓喜と鑽仰の歌を聞きとどけてくれたなら「原苦《ウアライト》」の山深くへ歩み逝《い》った若い死者は最後の消息として、あの葉の落ちつくしたはしばみの枝に芽生えた香わしい花房を、早春の黒い土に降りそそぐ雨を指さして伝えることだろう、生と死は一如だと。

すでに第一の悲歌で、「そうだ、年々の春はおまえをたのみにしていたのではないか。あまたの星は/おまえに感じとられることを求めたのだ。/(中略)/開かれた窓のほとりをすぎたとき、/提琴の音がおまえに身をゆだねてきたではないか。それらすべては委託だったのだ。/しかしおまえはその委託をなしとげたか。おまえはあいも変らず/むなしい期待に心を散らしていたのではないか」と歌っている。自然が詩人に委託するとは何か。それすらここを読んだときよくわからず、委託する方向が逆のようにさえ思っていた。併し第九の悲歌で詩人ははっきりと委託を果そうと思うと語っている。委託とはうつろいやすい自然がうつろいやすい人間に何かを託すことなのだ。たとえば春のうつろいを、消えてゆく提琴の音を詩人は抱《いだ》きとめ、目には見えぬがそれこそ永遠の世界へいざない、その存在を讃えることであり、目に見える確固たるものとして人間の存在を、人間にしかなし得ぬことをひとしなみに伝えることなのだ。それこそが詩人の使命なのだ。遂には天使さえも肯《うべ》なわずにはいられない。地上の生きとし生けるものの存在に対する肯定、それをリルケは地上を放浪《さすら》いつづけ、永遠に歌いつづけたのである。

やっとたどりついた、と私は自身に言おう。

あの老人が聖堂の中で、「わかっておいでですしょう、たった一つです」といわれたことが、命きわまる高僧が首をあげて「たってのお願いがあります」と告げられたことがこの委託ではなかったか。リルケという詩人に託されたことは永く世に伝えられ必ず遺されるであろう人間の存在を恐るべき認識の果てに唱うことではなかったかと。

昇りくる幸福《しあわせ》よりも降りくだる幸福のあることを、死もまた幸福であることを告げ、原苦の中にあっても生を肯うことをこそ、春の芽生えの先端につながることであると信じてよいのではないかと。

たった一つの願いとはこのことだったのだと、私もまた自分自身に告げようと思う。

はじめに巡礼を思い立ったときはあまりに無明の中を歩いていたが、リルケという修道僧に従いつつここにたどり着いたのだ。決して願いを果せたとは思えない。永遠に果せるものではなく、ひとりの詩人の面影の中に確固とした生と死、苦悩と幸福の姿を見、それを心に深く刻印することができたと思うばかりである。

まだほんの裾野にたどりついたばかりの、全貌は計り知れないと思うにつけ、読者の方は最初の頁でよく分らないと本を閉じてしまわれるのではないかと不安である。私がマルテの時そうであったように、もう少し頁を繰っていただければ必ず道が開けてくると思う。学者でもなく、素人の私がなぜこんなに引きつけられたのか、リルケを書いている中にだんだん人間としてのリルケに魅せられた。本書ではロダンのことについては少し触れたが、リルケとセザンヌのことなど、まだこの本にのせることができなかったものもある。なかでも、妻クララをはじめ、ルー・ザロメやタクシス夫人、またカタリーナ・キッペンベルグや晩年のリルケの前にあらわれたエルイ・ベイ夫人など、詩人をめぐる女性たちの物語は是非たどってみたい。いずれ続刊されることと思うが、この本を読み終ってその続きを読んでいただきたいと思う。すでにリルケの時代から百年近い歳月が流れ、多くの若い人はその名さえ知らないと思う。そのためにも若い人に読んでもらいたいものである。

ここまで書いてきた私を唯一支えてくれたものは、それぞれの書の翻訳、解説、注釈を驚くほど誠意をもって書き遺して下さった方々のたまものであり、尽きぬ感謝と尊敬の念を抱くものである。

この本を書き終えた頃、偶然に、ラフマニノフ作曲の「晩禱」(徹夜禱)のCDが手に入った。それはロシア正教会の奉神礼音楽でエストニアの聖歌隊のものであると知り、一層想い深く聴くことができた。キエフ地下聖堂から響いてくる修道僧の祈りそのものである。

この本を書くにあたり、諸々のリルケの本をさがしてくださり、絶えず励ましてくださいました人文書院の渡辺睦久さん、編集の谷 誠二さん、装丁にたずさわってくださった小林ひろ子さんに心から感謝申し上げます。

志村ふくみ

【本書中のリルケ著作の引用文献一覧】

『時禱書』（金子正昭訳）「リルケ全集2　詩集II」（塚越　敏監修、河出書房新社、一九九〇年）
『神さまの話』（谷　友幸訳、新潮文庫、一九五三年）
『マルテの手記』（大山定一訳、新潮文庫、一九五三年）
『リルケ書簡集I』（大山定一、谷　友幸、富士川英郎、矢内原伊作訳、人文書院、一九六八年）
『リルケ書簡集II』（富士川英郎、高安国世訳、人文書院、一九六八年）
『フィレンツェだより――ルー・サロメへの書簡――』（森　有正訳、筑摩書房、一九七〇年）
『オルフォイスに寄せるソネット』「リルケ詩集」（高安国世訳、岩波文庫、二〇一〇年）
『ドゥイノの悲歌』（手塚富雄訳、岩波文庫、一九五七年）
『若き詩人への手紙　若き女性への手紙』（高安国世訳、新潮文庫、一九五三年）

著者略歴

志村ふくみ（しむら・ふくみ）

1924年滋賀県生まれ。1955年滋賀県近江八幡に住み，染織の研究をはじめる。1964年京都嵯峨に移り住む。1990年重要無形文化財保持者に認定。1993年文化功労者に選ばれる。

著書 『一色一生』（求龍堂，1983年）『語りかける花』（人文書院，1992年）『母なる色』（求龍堂，1999年）『ちょう，はたり』（筑摩書房，2003年）『白夜に紡ぐ』（人文書院，2009年）ほか。

ISBN978-4-409-15022-1 C0095

晩《ばん》禱《とう》 リルケを読む

二〇一二年八月五日 初版第一刷印刷
二〇一二年八月一〇日 初版第一刷発行

著者 志村ふくみ
発行者 渡辺博史
発行所 人文書院
京都市伏見区竹田西内畑町九
電話 〇七五（六〇三）一三四四 振替〇一〇〇〇-八-一一〇三
印刷 創栄図書印刷株式会社
製本 坂井製本所

落丁・乱丁本は小社送料負担にてお取り替えいたします

http://www.jimbunshoin.co.jp

語りかける花

日本エッセイスト・クラブ賞受賞

志村ふくみ　二七〇〇円

京都嵯峨野に住み、草木の精を糸に染め、自然のたたずまいを織りに写し、この世のものとも思えない作品を生み出している染織家のエッセイ集。語りかける花の声をきき、その色をいただく、敬虔で清雅な生き方、美しい色に生命をかける情熱と強靱な心意気。

表示価格（税抜）は2012年７月現在のもの